번역 주수자

소설가, 서울대학교에서 조각을 공부했으며 저서로
는 소설집『버펄로 폭설』, 시집『나비의 등에 업혀』, 희
곡『복제인간 1001』등이 있다. 2020년 영어저서『Night
Picture of Rain Sound』을 출간했다.

평설 주수자, 신은희

시인, 2001년『문예비전』으로 등단. 18년이 된 독서회
「세 번째 달」, 「움」의 리더이며, 시집『반투명 유리가 있
는 풍경』, 테마가 있는 소설집『여자』의 해설을 썼다.

삽화 호영송

소설가. 1973년「파하의 안개」를『문학과 지성』에 발표
한 이후, 평전작가, 방송작가 등으로 활동했다. 추계 예
술대학에서 희곡을 강의했다.

삽화 김원경

화가, 서울대학교에서 회화를 공부했으며 여섯 번의 개
인전과 여러 번의 단체전에 참여하였다. 그림보다 책 읽
는 것을 더 좋아하며 캐나다 토론토에 살고 있다.

북디자인_ALL 박은영

시대를 앞서간

명작스마트소설

이 책은 '스마트소설'이라는 새 장르의 전범이 될 만한 외국 작가들의 작품들을 모아 새롭게 조망해낸 것이다.

여기서 시사하는 '스마트소설'이란 명칭부터 말하자면, 그것은 라틴 문학의 '미니픽션'의 영향을 받아 탄생한 『문학나무』가 명명한 짧은 소설 장르다.

시대적 특성을 반영하듯 짧은 소설들이 근래 많이 출현하면서, 다양한 이름들로 명명되어짐을 본다. '미니픽션', '손바닥소설', '짧은소설', '미니서사' 등등. 그러나 장르에 걸맞은 확정된 이름은 미래 독자들의 몫으로 남겨둔다. 언제나 가장 중요한 것은 문학으로서의 정체성과 예술작품의 본래적 가치 그 자체일 것이다.

이런 형태의 소설 형식이 문학의 역사에서 새롭지 않다는 것을 말해두고자 한다. 이 책에 그 형식적 전범에 맞는 소설들을 골라보았다.

더불어서 '스마트소설'이 지향하는 짧음이 '소설의 시적 순간'과 닿아 있음을 여기 수록된 작품들로 제시한다. 길고 깊은 의미, 독자적 아름다움, 순간의 통찰들이 짧은 소설 안에서 얼마나 자유롭고 무한한 길을 열고 있는지 경험할 수 있을 것이다.

책의 구조는 시대를 초월한 영원한 대가들의 작품을 소개하고, 이어서 느슨하고 자유로운 평설을 덧붙였다. 멋진 메인 요리 끝에 소소한 디저트를 제공하듯이.

보르헤스가 말한 창조적인 독자가 이 책의 주인이길 바라며, 짧은 소설을 쓰려고 하는 작가들에게 달의 거울 같은 참고서가 되길 바라는 마음이다.

차례　Contents

Franz Kafka

프란츠 카프카

그림_호영송

프란츠 카프카 1883-1924

유대인이지만 독일어로 글을 썼다. 죽기 전까지 정부 소속 보험국 직원으로 일하면서 퇴근하면 매일 글을 쓰는 고독한 생활을 영위했다. 권위적이고 세속적이고 활달한 부친과의 갈등으로 심리적인 압박감과 고통을 많이 겪었으며, 결혼 생활이 창작행위에 걸림이 될 것을 내심으로 두려워하여 독신으로 살았다. 살아있을 때 그의 작품은 거의 출판되지 않았다. 친구 막스 브로트에게 자신의 작품을 모두 태워달라고 유언을 남겼으나 그의 작품들의 운명은 21세기까지 이어져 가장 높은 봉우리를 이루고 있다.

법 앞에서
Vor dem Gesetz

법 앞에 한 문지기가 서 있다. 이 문지기에게로 시골에서 한 남자가 찾아와 법 안으로 들어가기를 간청한다. 그러나 문지기는 지금은 입장을 허락할 수 없다고 말한다. 남자는 깊이 생각하고 나서, 그렇다면 나중에는 들어가는 것이 허용될지 묻는다.

"그것은 가능하오." 문지기가 말한다. "허나 지금은 안 됩니다."

법으로 들어가는 문은 언제나처럼 열려있고 문지기는 옆으로 물러난다. 그 남자는 몸을 굽혀 안쪽을 들여다보려고 한다. 문지기는 그것을 알아채고는 웃으며 말한다.

"내가 들어가는 것을 금지하는데도 불구하고, 그렇게 들어가고 싶다면 들어가 보시오. 그렇지만 내게는 힘이 있다는 것을 명심하시오. 나는 단지 최하급 문지기에 불과하오. 한 홀에서 다른 홀로 들어갈 때마다 너 힘이 센 문지기가 서 있다오. 세 번째 문지기의 모습만 봐도 벌써 나조차도 견딜 수가 없소"

시골 남자는 그런 어려움을 예상치 못하였다. 법은 누구에게나 언제나 열려 있어야 한다고 생각하지만, 문지기의 모피 외투와 커다란 매부리코와 길고 성긴 검은 타타르인 같은 수염을 면밀히 쳐다보고 그는 입장허가가 날 때까지 기다리는 편이 낫겠다고 결정한다.

문지기는 남자에게 등받이 없는 의자를 주고 그를 문 옆에 앉도록 한다. 시골 남자는 그 곳에 앉아 여러 해를 보낸다. 그는 안으로 들어갈 수 있도록 수많은 시도를 하며 애원으로 문지기를 지치게 한다. 문지기는 종종 그에게 고향에 관해서나 다른 많은 것들에 관해 질문을 했지만 그 질문들은 동정심 없는 것들로, 높으신 양반들이 그러하듯이, 끝에 가서는 또 다시 그에게 아직 들여보내 줄 수 없다고 말한다.

이번 여행을 위해 여러 가지를 준비해온 시골 남자는 가장 귀중한 것을 문지기에게 뇌물로 사용한다. 문지기는 모든 것을 다 받으면서 "받아두기는 하지만, 그건 단지 당신이 해야 할 일을 소홀히 했다는 생각이 들지 않도록 받는 것뿐이오."라고 말한다.

여러 해 동안 남자는 문지기를 끊임없이 바라본다. 그는 다른 문지기들은 잊어버리고 이 첫 번째 문지기가 법으로 들어가는 데 방해되는 유일한 장애물이라 여긴다. 그는 기구한 우연을 저주하고, 처음 몇 해 동안은 주위를 상관하지 않고 소리

프란츠 카프카

쳤지만 나이가 들어 갈수록 혼자 말하듯이 투덜거릴 뿐이었다. 그는 어린아이같이 되어, 문지기를 여러 해 동안 살펴보다 보니 그의 털외투 깃에 벼룩이 있는 것까지 알아차리고는, 벼룩에게까지 자신을 도와 문지기가 마음을 바꾸도록 애걸한다. 마침내 남자의 시력마저 약해지게 된다. 그는 주위가 정말로 어두워진 것인지 아니면 단지 자신의 눈이 그렇게 보이게 하는 것인지, 알 수 없다. 그러나 분명히 그는 지금 어둠속에서 법의 문으로부터 꺼지지 않는 한 줄기 광채가 비쳐오는 것을 본다. 이제 그의 삶은 얼마 남지 않았다. 죽음을 앞두고 그의 머릿속에는 지금까지의 경험으로부터 지금껏 물어본 적이 없는 하나의 의문이 떠오른다. 점점 굳어지는 몸을 더 이상 일으켜 세울 수 없게 되자 남자는 문지기에게 손짓한다. 두 사람의 키가 크게 차이나버려 불편해졌기 때문에, 문지기는 그에게 몸을 낮게 굽힌다.

"당신은 아직도 무엇이 더 알고 싶은 거요?" 문지기가 묻는다. "당신은 지칠 줄 모르는 사람이군."

"모든 사람은 법을 추구합니다." 남자가 말한다.

"그런데 오랜 세월동안 나 이외에는 들여보내 달라는 사람이 없는 것은 도대체 어찌된 영문이오?"

문지기는 이미 남자의 죽음이 가까웠다는 것을 알고 그의 사라져가는 청각에 다다르도록 소리친다.

"이 문은 다른 누구도 입장 허가를 받을 수 없소. 왜냐하면 이 문은 당신만을 위한 것이기 때문이오. 이제 나는 이 문을 닫고 가야겠소."

끝없는 미로에서

빛은 아무리 희미한 광원이라도 사방팔방이다. 작은 촛불조차도 사방으로 빛난다. 그러한 빛처럼 카프카의 소설은 사방팔방으로 다양하게 읽을 수 있다. 모든 위대한 작품은 무한한 방식으로 읽을 수 있으며, 동시에 무한한 해석을 요하며, 절대 규정할 수 없으며, 그저 빛나는 것이라고 할 수 있다. 상상하기 때문이라기보다 진리를 향하고 있기 때문이리라.

법이란 어떤 것을 의미하고 지칭하는 것일까. 어쩌면 그것 또한 사방팔방이 아닐까. 그리고 모든 인간이 가야 할 길이기도, 진리이기도, 깨달음일 수도, 심지어는 신일 수도? 불교에서 진리를 '법'(다르마)이라는 언어로 부르고, 기독교에서도 야훼 신의 말씀을 '법'이라고 일컫는 것을 유추해본다면.

그러면 작품 속에 이 시골남자는? 몸을 굽혀 안쪽을 들여다보며 법으로 들어가는 문 앞에서 여러 해를 보내다가 드디어 굳어지는 몸으로 되어 더 이상 일으켜 세울 수 없게 되어서야, 자신 이외에는 아무도 그 문을 들어가려는 사람이 없다는 것을 알아채고 허망한 죽음을 맞이하는 이 남자는 누구인가?

이 시골남자가 평범한 인간의 전형이라면, 그러면 법 앞에서 문지기는 또 누구인가? 그는 왜 한 개인만이 들어갈 수 있는 성의 입구를 지키고 있었으며, 왜 딱한 시골남자에게 자신의 허락을 받고 지나가야 한다고 엄포를 놓았으며, 설령 자신을 통과하더라도 더 힘이 센 문지기가 있다고 위협했으며, 여러 해 동안 시골남자의 애걸과 간절함을 바라보고도 아무런 연민을 보이지 않고 그가 죽을 때서야 진실을 말했을까? 여기서 우리는 시골남자만큼 불가해한 문지기를 만난다. 그들에 대해서 한마디의 설명이나 암시가 없다. 문지기는 잔인해보이고 시골남자는 한없이 어리석다. 문지기는 진실을 말해주지 않았고 시골남자는 가장 중요한 질문을 하지 않았다.

게다가 문은 왜 있는 걸까? 법의 문으로부터 한 줄기의 광채가 비쳐온다는 그 문은? 과연 법이라는 객관적인 문이 존재하는 걸까? 또는 시골 남자이든지 문지기이든가 간에 우리 모두는 이와 같은 상황에서 벗어날 수 없는 수인(囚人)이란 것을 카프카는 말하고 있는 것이 아닐까?

무수한 질문들이 미지로 남아 있는 미로 같은 소설이다. 인간이 어떤 존재인지, 관계 속에서 어떻게 살아가는지, '법'이란 문 앞에 선 인간의 실존에 대해 카프카는 빛을 통과하는 프리즘처럼 무한한 해석이 가능한 소설을 우리에게 보여주고 있다.

독수리

Der Geier

독수리 한 마리가 내 발을 쪼아댄다. 장화와 양말은 이미 찢어지고 이제는 발을 공격하려 한다. 독수리는 덤벼들었다가 다시 날아올라 여러 번 내 주위를 불안스럽게 선회하다가 다시 내려 앉아 공격을 계속한다.

지나가던 한 신사가 잠시 바라보더니, 나에게 왜 참고 있느냐고 묻는다.

"그를 당해낼 수 없군요." 나는 말한다. "저놈이 와서 쪼아대기 시작했어요, 나는 물론 쫓아버리려고 했을 뿐만 아니라 목을 졸라보려고 했지만 저런 동물은 힘이 굉장해요, 도리어 내 얼굴로 뛰어 오르려고 하기에 차라리 발을 내 주었지요. 이제는 발도 이미 다 찢겼어요."

"그렇게 고통스럽게 참고 있다니!" 신사가 말한다. "총 한 방이면 독수리를 끝장낼 수 있을 텐데."

"그럴까요?" 나는 묻는다. "그러면 총을 가져올 수 있겠습니까?"

"기꺼이 가져 오죠." 신사가 말한다. "집에 가서 총만 가져오면 돼요. 삼십 분만 더 기다릴 수 있나요?"

"아, 그건 잘 모르겠군요." 나는 잠시 고통으로 옴짝달싹 못하고 서 있다가 말한다. "부디, 어떻게 해서든지 그렇게 좀 해주십시오."

"좋소." 신사가 말한다. "서두르지요."

독수리는 우리 대화를 조용히 엿듣더니 나와 신사를 번갈아 쳐다본다. 문득 나는 그가 모든 것을 알아챘다는 것을 안다. 독수리는 높이 날아올랐다가, 충분한 힘을 얻으려고 자기 몸을 뒤로 크게 젖히더니, 마치 창을 던지듯이 부리를 나의 입속으로 깊숙이 찔러 넣는다.

나는 뒤로 넘어지면서 해방감을 느낀다. 내 안의 심연을 모두 채우고, 기슭마다 넘쳐흐르는 피에 빠져 헤어날 길 없이 독수리가 죽어갈 때.

평설 | 독수리

　작품 「독수리」는 원고지 4매 밖에 되지 않는 소품이지만 대작이다. 스마트소설의 전형이며 가히 현대적이다. 인간 존재의 처절함에 대해 너무도 절묘하게 보여주고 있다.

　여기서 독수리는 무엇인가? 아니, 독수리에 대해 말하기 전에 이 작품에서 가장 많은 대화를 차지하고 있는 인간부터 말해보자. 독수리가 한 남자를 무자비하게 쪼아대는 광경을 잠시 지켜보다가 총을 가져오겠다고 한 신사는 어떤 사람인가?

　본문에서 그는 신사라고 불리고 있다. 도저히 대적할 수 없는 힘을 가진 독수리에게 발을 찢기고 있는 주인공에게 신사는 말한다. "왜 그냥 당하고만 있나요?" 이것이 그의 첫 질문이다. 노골적으로 드러내고 말은 하지 않았지만 신사는 내심으론 다르게 말하고 있는 것이다. "당하고 있는 꼴을 보니 바보가 아닌지 모르겠소. 게다가 고통을 참고만 있다니 한심하군! 나라면 그까짓 놈은 총 한방에 날려 보낼 수 있는데."

　그러나 주인공은 대항할 힘도 무기도 없다. 게다가 독수리가 왜 자기를 공격하는지도 모른다. 목숨이 오가는 급박한 상황에

처해 순간순간 끔찍한 고통 속에 있을 뿐이다. 신사는 얼마나 아프냐는 말 한마디도 건네지 않은 채 다음과 같이 또 말한다. "반 시간쯤 기다릴 수 있겠소? 독수리를 떼어놓는 일은 내 몸도 훼손할 수 있으니, 대신 총을 가져오겠소." 라고.

목숨이 촌각에 달린 사람에게는 반 시간은 영원한 거리가 된다는 걸 신사는 모르는 듯, 타자의 고통이 그의 눈에는 보이지 않는 듯, 그는 계속 신사다운 태도를 보인다. 그의 마지막 말은 이러하다. "도와주겠소. 하지만 우선 집에 가서 총을 가져와야 되므로 당신은 삼십 분은 기다려야 한다오."

한편 하늘의 제왕이자 포악한 맹금인 독수리는 어떠한가? 카프카는 하필이면 인간을 공격하는 존재를 독수리로 설정한 것일까? 코카서스 바위산에 묶인 프로메테우스의 간을 쪼아대는 독수리가 연상된다. 신들의 비밀을 인간에게 누설한 죄로 영원히 괴롭힘을 당하는 영웅과 그를 벌하는 독수리와의 관계가 그려진다. 그러나 신화의 세계가 아니라도 우리의 현실과 일상에서 그런 관계를 찾자면 그다지 어렵지는 않다. 독수리는 아마도 인간에게 가해지는 무자비한 폭력, 정체를 알 수 없는 적, 지배와 폭력을 행사하는 권력자, 피할 수 없는 운명, 이 모든 것들의 대명사로 대치될 수 있을 것 같다. 규정하기에 따라 다를 것이다. 어떤 이름으로 불리건 간에 분명한 건 독수리는 그 어떤 불가항력적인 것임이 틀림없다. 그러니까 주인공이 아무리 쫓아버리려 해도, 목을 졸라 물리치려 해도, 독수리는 그의 힘을 넘어가는 엄청난 존재이며 도저히 피해갈 수 없는 비극적 그 무엇이다. 이것이 바로 인간이 처한 실존의 처절한 현주소인지도 모르겠다.

무엇보다 흥미로운 것은 카프카의 소설이 독수리와 나와의 적대적 상황에다만 초점을 맞추고 있지 않다는 점이다. 독수리와 나만 존재했다면 관념소설로 흐르기 쉬웠으리라. 하지만 제3의 인물인 신사가 등장함으로써, 신사라는 타인의 설정으로 인해, 소설은 깊이와 사실감과 슬픔이 말할 수 없이 더해졌다. 누군가가 옆에 왔었지만 그는 독수리 못지않게 잔인한 느낌을 주었으니 말이다. 카프카는 신사의 존재에서 또 하나의 독수리를 본 게 아닐까 하고 추측해본다. 혹시나 현대를 사는 우리도 소설에 나오는 신사처럼 말하고 행동하고 있는 게 아닐 런지… 눈을 뜨고서도, 고통 받는 사람 곁에 있으면서도…

신사는 말한다. "아니, 왜 가만히 당하고 있는 거요? 그렇게 참고만 있다니! 총 한방이면 해결될 텐데." 라고.

일상의 당혹
Eine Alltagliche Verwirrung

늘 있는 사건 하나, 그것을 견디어내는 일상적인 혼란.

A는 H 마을에 있는 B와 중요한 사업을 매듭지어야 한다.

그는 예비 협의를 위하여 H 마을로 간다. 왕복에 각각 십 분이 채 걸리지 않았으므로 집에 와서는 가족들에게 그렇게 신속했던 것을 자랑스럽게 뽐낸다.

다음 날 A는 다시 그 마을로 간다. 이번엔 사업의 최종적인 마무리를 위해서다. 그는 몇 시간은 걸리리라고 예상하여 새벽같이 길을 떠난다. A의 생각으로는 모든 상황이 전날과 조금도 다름없는데도 이번에는 H로 가는데 열 시간이 걸린다. 지칠 대로 지쳐 그가 저녁에 H 마을에 도착한다.

하지만 사람들이 그에게 말해준다. 그가 오지 않아 B가 화가 나서 반시간 전에 A의 마을로 갔으니 그들이 도중에서 만났어야 될 텐데 라고. 사람들은 A에게 기다리라고 충고한다. 그러나 A는 사업이 걱정되어 즉시 떠나 서둘러 온 길을 되돌아간다.

이번에는 특별히 신경 쓰지 않았는데도 같은 길을 순식간에 돌아온다. 집에 돌아온 그가 들은 이야기로는, A가 떠나자마자 B가 일찌감치 왔다고 한다. 실은 A와 대문 앞에서 마주쳐 사업을 상기시켰건만 A는 지금 시간이 없다고, 빨리 서둘러 가야 된다고 대답했다는 것이다.

A의 이해할 수 없는 태도에도 불구하고 B는 기다리려고 여기 머물러 있다는 것이다. 그 사이 A가 되돌아오지 않았느냐고 벌써 여러 차례 묻기는 했으나 아직 위층 A의 방에 있다고 한다.

그 말에 A는 이제라도 B에게 모든 것을 해명할 수 있다는 사실에 기뻐서 급히 계단을 달려 올라간다. 위층에 거의 다 올라가다 그만 넘어진다. 뒤꿈치 근육이 뒤틀려 고통으로 까무러칠 지경으로 비명조차 못 지르고 어둠 속에서 끙끙거리고만 있는데, 그는 B의 소리를 듣는다. 아주 멀리서인지 바로 곁에서인지는 분명치 않지만, B가 아주 화가 나서 계단을 쾅쾅 디디며 내려가 영영 사라지는 소리가 들린다.

프란츠 카프카

황제의 어떤 전갈
Eine Kaiserliche Botschaft

사람들은 말한다. 황제가 메시지를 보냈다고. 한낱 개인에 불과한 그대에게, 황제가 죽기 바로 직전 임종의 침대에 누워, 오직 당신에게, 그의 비천한 신하이자 태양과 같은 황제로부터 가장 멀리 떨어진 곳에 있는 보잘것없는 그림자 같은 존재에게.

황제는 자신의 명을 전달하는 전령관을 침대 옆에 꿇어앉히고 그의 귓속에 메시지를 속삭인다. 황제는 그가 보내는 메시지가 워낙 중요하여 다시금 전령관으로 하여금 자기 귀에다 메시지 내용을 되풀이하여 말하게 한다. 황제는 머리를 끄덕이고 말의 착오 없음을 확인한다. 그리고 자신의 임종을 지키는 모든 사람들 앞에서, 장애가 되는 벽들은 허물어지고, 넓고도 높은 옥외 계단 위에 그의 막강한 제국의 위대한 신하들로 빙 둘러서 있는 가운데, 이 모든 사람들 앞에서, 황제는 전령관을 떠나보낸다.

전령관은 즉시 길을 떠난다. 그는 지칠 줄 모르는 강인한 남자이다. 그는 양팔을 번갈아 앞으로 뻗쳐가며 사람의 무리를 뚫고 지나간다. 제지를 받으면 태양 표지가 있는 가슴을 내보인다. 그는 역시 다른 누구보다 수월하게 앞으로 나아간다. 그러나 사람의 무리는 아주 방대하고 그들의 거주지는 끝이 없이 무한하다. 거칠 것 없는 들판이 열린다면 전령관은 날듯이 달려갈 것이고, 곧 당신은 그대의 문을 전령관이 주먹으로 두드리는 멋진 소리를 들을 수 있을 것이다.

그러나 그렇게 하는 대신 전령관은 속절없이 애만 쓰고 있다. 아직도 그는 황제의 궁궐 가장 깊은 내궁의 방들을 힘겹게 지나고 있다. 결코 그는 그 방들을 벗어나지 못할 것이다. 설령 그 방들을 벗어난다 해도 아무런 이득이 없을 것이다. 제국의 계단을 내려가기 위해 그는 또 싸워야 할 것이고, 설령 싸움에 이긴다 해도 아무런 득이 없을 것이다. 궁궐의 정원은 통과할 수 있을지 모른다. 그러나 그 정원을 지나면 그것을 두 번째로 에워싸고 있는 궁궐이 있고, 다시금 계단과 정원, 또 다시 궁전이 있고, 등등 그렇게 수천 년이 계속될 것이다. 그래서 마침내 그가 가장 외곽의 문을 밀치듯 뛰어나온다면! 그러나 결코, 결코 그런 일은 일어날 수가 없다! 비로소 세계의 중심, 그 침전물이 높다랗게 퇴적된 왕도가 그의 눈앞에 펼쳐질 것이다. 그러나 그 어떤 자도 이곳을 통과하지는 못한다. 비록 죽은 황제

프란츠 카프카

의 전갈을 가지고 있다손 치더라도. 그러나 그대는 창가에 앉아 저녁때가 되면, 황제의 메시지가 오기를 꿈꾸고 있다.

자칼과 아랍인
Scalable und Araber

우리는 오아시스에 숙박하고 있었다. 일행들은 자고 있었다. 키가 크고 흰 옷을 입은 아랍인이 내 곁을 스쳐갔다. 그는 낙타들을 돌봐주고 잠을 자려고 가는 중이었다.

나는 풀밭에 등을 대고 누웠다. 자려고 했으나 잠을 이룰 수가 없었다. 어딘가 먼 곳에서 자칼의 울부짖는 소리가 들려왔다. 나는 벌떡 몸을 일으켰다. 멀리서 들리던 소리가 갑자기 가까워졌다. 자칼의 무리들이 내 주위로 몰려들었다. 그들의 눈빛이 탁한 금빛으로 번쩍였다가 수그러들었다. 순간 날쌘 몸체들이 무리를 지어 함께 재빨리 움직였다. 마치 채찍이라도 맞고 행동하는 듯이.

자칼 한 마리가 뒤쪽에서 내 팔 밑으로 바짝 파고들었다. 마치 내 보호라도 필요한 것처럼. 그러더니 나와 눈을 맞대다시

피 하며 말했다.

"저는 이 일대에서 나이가 가장 많은 자칼입니다. 제가 아직 이곳에서 당신에게 인사를 할 수 있다니 기쁘군요. 사실 저는 희망을 거의 포기했지요. 왜냐면 우린 당신을 무한히 오랫동안 기다리고 있었으니까요. 내 어머니가 기다렸고, 어머니의 어머니가 기다렸으며, 또 그 어머니의 어머니들이, 모든 자칼의 어머니에 이르기까지 말입니다. 그것을 믿어주십시오."

"그럴 수가? 그거 참 놀랍군요!"

하고 내가 말했다. 연기를 피워 자칼을 막으려고 미리 준비하고 있었던 장작더미에 불을 붙이는 것도 잊고 있었다.

"그런 말을 듣고 정말 놀랐소. 그러나 나는 아주 우연히 북쪽에서 왔고, 지금 짧은 여행을 하는 중에 있습니다. 그런데 자칼 당신들은 무엇을 원하는 거죠?"

어쩌면 너무 친절했을 이런 대화에 용기를 얻은 듯, 자칼들은 내 주위를 둘러싼 원을 점점 좁혀 왔다. 다들 헐떡거리고 이빨을 드러내며 으르렁거리는 소리를 내면서.

"우리는 알죠." 가장 나이 많은 자칼이 말을 꺼냈다. "당신께서 북쪽에서 왔다는 사실을. 바로 그 사실에 우리는 희망을 걸고 있습니다. 그곳에서는 이곳 아랍인들 사이에선 찾아볼 수 없는 이성이 있습니다. 아시겠지만 아랍인들의 차가운 자만심에서는 이성의 불꽃을 찾을 수가 없지요. 그들은 동물을 잡아먹기 위해서 죽입니다. 그러면서도 동물의 썩은 시체는 경멸합니다."

"그렇게 크게 얘기하면 어쩌나? 근처에 아랍인들이 자고 있잖소." 내가 말했다.

"당신은 정말 이방인이군요." 자칼이 말했다

"그렇지 않다면 당신께서는 역사상 자칼이 아랍인을 겁낸 적은 한 번도 없었다는 것을 알았을 텐데요. 우리가 그들을 두려워하기까지 해야 하나요? 그런 종족 밑에서 배척당하는 것만으로 불행은 충분하지 않겠습니까?"

"아마도 그건 그렇겠군요." 하고 내가 말했다. "그나저나 난 나하고 거리가 먼 일엔 어떤 판단도 하지 않소. 이건 매우 오래된 싸움 같군요. 아마 핏줄과 연관된 듯하니, 아마 피를 봐야 끝나겠군요."

"당신은 정말 영리하군요." 늙은 자칼이 말했다.

그리고 그들 모두 숨결이 더 거칠어졌다. 가만히 서 있는데도 그들은 숨을 가쁘게 내쉬었다. 폐를 마구 헐떡이는지 이빨을 꽉 물어야만 견딜 수 있는, 쓰디쓴 냄새가 그들의 열린 주둥이에서 흘러 나왔다.

"정말 영리하십니다. 당신께서 하신 말은 우리의 옛 가르침과 일치합니다. 우리가 그들의 피를 취하면, 싸움이 끝이 납니다."

"아!" 나는 내가 의도했던 것보다 더 거칠게 말했다. "그들도 방어를 할 거요. 그들은 엽총으로 너희들을 한꺼번에 쏘아 죽일 것이오."

"우리를 잘 모르시는군요." 자칼이 말했다.

"인간의 속성은 없어지지 않지요. 먼 북쪽에 사는 인간도 같을 겁니다. 우리는, 그들을 죽이지 않을 것입니다. 나일 강의 물은 우리 모두를 깨끗하게 씻을 수 있을 만큼 충분하지 않지요. 우리는 그들의 살아 있는 몸뚱이만 보아도 금세 도망을 칩니다. 더 깨끗한 공기를 찾아, 사막으로요. 바로 그래서 사막이 우리의 고향이 되었지요."

어느새 더 많은 자칼들이 먼 곳으로부터 모여들었다. 그들은 머리를 앞다리 사이로 수그리고는 앞발을 문질러댔다. 마치 어떤 끔찍한 반감을 숨기려는 것 같았다. 나는 그 반감이 너무 두려워 펄쩍 뛰어 그들의 포위망 같은 원으로부터 도망치고 싶을 뿐이었다.

"그래서 당신들은 어떻게 할 작정이요?"

나는 그렇게 말하면서 일어서려고 했지만, 그럴 수가 없었다. 뒤에서 두 젊은 자칼이 내 상의와 셔츠를 꽉 물고 있었기 때문이었다. 그래서 그대로 앉아 있을 수밖에 없었다.

"당신의 옷자락을 붙잡아 드리는 겁니다. 일종의 존경심의 표현이지요."

늙은 자칼이 설명하듯이 진지하게 말했다.

"나를 좀 놓아 주시오!"

나는 늙은 자칼과 젊은 자칼들을 번갈아보며 소리를 질렀다.

"물론 그렇게 해드리죠." 늙은 자칼이 말했다. "당신이 원하신다면 그러겠습니다. 하지만 약간 시간이 걸립니다. 왜냐하면 우리의 습관 때문에 저 젊은 자칼이 아주 깊게 이빨로 물고 있는 겁니다. 우선 악물고 있는 이빨들이 천천히 벌어져야 하니까 그러는 사이에 저희들의 부탁 좀 들어주십시오."

"당신들이 하는 행동이 나로 하여금 받아들이기 어렵게 하고 있지 않소?" 내가 말했다.

"우리의 거친 행동을 용서하십시오."

늙은 자칼은 그제야 처음으로 호소하는 목소리로 말했다.

"우리는 가련한 짐승들입니다. 우리가 갖고 있는 거라곤 이빨 밖에 없습니다. 좋은 일이든 나쁜 일이든, 무슨 일을 할 때마다 우리는 이빨만이 있을 뿐입니다."

"그렇다면 당신이 바라는 게 무엇이오?"

나는 약간 누그러져서 안심시키며 말했다.

"주인님!"

그가 이렇게 소리치자 모든 자칼들이 동시에 울부짖었다. 아주 먼 곳에서 들려오는 울부짖음은 어떤 멜로디처럼 느껴졌다.

"주인님, 당신은 세계를 둘로 갈라놓고 있는 이 싸움을 종식시켜야 합니다. 우리 조상들은 당신 같은 분이 그 일을 할 거라고 써놓았습니다. 우리는 아랍인으로부터 해방되어야 합니다. 그들로부터 숨을 쉴 수 있어야 하고, 아랍인이 사라져 지평선이 깨끗해진 모습을 보아야 합니다. 아랍인이 도살하는 숫양의 고통에 찬 울부짖음이 없어져야 할 것입니다. 모든 짐승들은 조용히 죽을 수 있어야 합니다. 우리들이 피를 마시고 뼈까지 청소하도록 아무런 방해도 받지 않아야 합니다. 순수함, 네, 그렇습니다. 우리들이 원하는 것은 순수함 외에는 없습니다."

그러자 모든 자칼들이 울며 흐느꼈다.

"어떻게 이 세상을 견딜 수 있으십니까? 고귀한 심장과 감미로운 내장을 가진 분이시여. 당신은 대체 어떻게 이 세상 사람들을 견디십니까? 그들의 흰색은 불결합니다. 그들의 검은 색도 불결하지요. 그들의 수염은 공포스럽습니다. 그들의 눈초리만 보아도 침을 뱉지 않을 수 없지요. 그들이 팔을 올리면 겨드랑이에서 지옥이 열립니다. 오, 주인님, 존귀한 분이시여! 뭐든지 행할 수 있는 당신의 손으로, 이 가위를 사용하여서 그들의 목을 자르십시오!"

늙은 자칼이 고개를 홱 돌리며 고갯짓을 하자, 자칼 하나가 얼른 다가왔다. 그는 한쪽 송곳니에 낡고 녹슨 작은 재봉용 가위를 물고 있었다.

"자, 결국 가위까지 납시었군. 이제 그만!"

갑자기 카라반의 아랍인 대장이 나타나 소리쳤다. 그는 바람을 거스르며 우리 쪽으로 올라 와서는 거대한 채찍을 휘둘렀다.

자칼들은 재빨리 흩어졌다. 하지만 조금 떨어진 곳에서 서로 바짝 붙어 웅크리고 있었다. 그렇게 한군데 모여 꼼짝도 않고 있으니 마치 날아다니는 도깨비불이 둘러쳐진 좁은 울타리처럼 보였다.

"자아, 선생께서도 이 연극을 보고 들으셨지요?"

아랍인은 말하면서, 자기 혈통에서 물려받은 바와는 다르게 유쾌하게 소리 내어 웃었다.

"당신은 저 짐승들이 무엇을 원하는지 알고 있군요?" 내가 물었다.

"물론이요, 선생."

아랍인이 대답했다. 그리고 그는 말을 이어갔다.

"누구나 다 아는 얘기지요. 아랍인이 존재하는 한, 저 가위는 사막을 떠돌아다닐 겁니다. 이 세상이 끝나는 날까지 우리와 함께 떠돌아다니겠지요. 저 가위는 모든 유럽인들에게 위대한 과업을 행하라고 부추길 겁니다. 모든 유럽인이 사명을 띠고 온 사람들인 줄 알죠. 이 짐승들의 어리석은 희망이지요. 바보들, 정말 끔찍한 바보들입니다. 그래서 우리는 저들을 사랑합니다. 저들은 우리들의 개이지요. 당신들의 개보다 더 멋지지요. 밤에 낙타 한 마리가 죽었소. 내가 이리로 가져오라고 했으니 한번 보시지요."

네 명의 짐꾼이 와서 무거운 낙타 사체를 우리 앞에 던져놓았다. 사체가 바닥에 놓이자마자, 자칼들은 소리 높여 울부짖었다. 모든 자칼들이 하나 하나가 마치 저항할 수 없는 밧줄에 묶여 끌려오는 것처럼 자꾸 멈칫거리면서도 배로 땅바닥을 스치면서 슬금슬금 다가왔다. 그들은 아랍인들을 잊어버렸다. 증오심도 잊어버렸다. 김이 무럭무럭 나는 사체가 그들을 홀려버린 것이다. 모든 것을 사라지게 만드는 것이다. 벌써 자칼 한 마리가 낙타의 목에 달라붙어 단번에 동맥을 찾아내어 물어뜯었다. 도저히 끌 가망이 없는 불길에 닥치는 대로 물을 뿜어대는 작은 펌프처럼, 자칼의 몸 근육들은 제자리에서 늘어나기도 하고 경련을 일으키기도 했다. 그러더니 금세 자칼들 모두가 시체에 달려들어 똑같이 움직이며 하나의 산을 만들고 있었다.

그러자 아랍인 대장이 자칼들 위로 날카로운 채찍을 마구 휘둘렀다. 자칼들이 머리를 쳐들었다. 그들은 반쯤은 희열에 반쯤은 무기력에 사로잡힌 채 서 있는 아랍인을 보았다. 주둥이에 채찍을 느끼자 뒤로 펄쩍 물러서며 조금 달아났다. 그러나 낙타의 피는 이미 웅덩이를 이루어 김이 솟아났고 시체는 군데군데 크게 찢겨 있었다. 자칼들은 또 참지 못하고 다시 모여들었다. 아랍인 대장이 다시 채찍을 쳐들었다. 나는 그의 팔을 붙잡았다.

"당신이 옳아요." 아랍인이 말했다.

"저들의 천성대로 내버려 둡시다. 게다가 우리도 떠날 시간도 되었으니까요. 허나 당신도 보셨지요? 놀라운 짐승들 아닙니까? 게다가 우리를 얼마나 증오하는지!"

Natsume Sōseki

나쓰메 소세키

나쓰메 소세키 1867-1916

일본의 대표 작가. 본명은 '나쓰메 긴노스케'이지만 소세키라는 필명을
사용했다. 1984년부터 2004년까지의 일본 지폐 ¥1,000에서 그의 얼
굴을 볼 수 있다. 그의 작품은 소소한 일상을 담담하게 보여주면서, 서
구문학에 견줄 만한 동양적이고 선적인 세계를 보여주는 고요한 문체
와 독특한 시선을 가지고 있다. 불우한 어린 시절을 겪으면서 평생 병마
와의 끝없는 투쟁으로 이어졌지만 그런 상태에서도 소설 창작에 심혈
을 기울이다가 50세에 위궤양 내출혈로 사망했다.

열흘 밤의 꿈
「첫 번째 밤」

이런 꿈을 꾸었다.

팔짱을 끼고 베갯머리에 앉아 있으니, 반듯하게 누운 여인이 조용한 목소리로 말한다. '저는 이제 죽습니다.' 여인은 긴 머리를 베개 위에 드리우고 부드러운 윤곽의 갸름한 얼굴을 그 속에 누이고 있다. 하얀 뺨 아래로 따스한 혈색이 알맞게 머금고 있고 입술 빛은 자연스럽게 붉다. 도저히 죽을 사람처럼 보이지는 않는다. 그러나 여인은 여전히 조용한 목소리로 '이제 저는 죽습니다.' 라고 분명히 말했다. 나도 이제 그녀는 정말로 죽는구나 하는 생각이 들었다. 그래서 위에서 그녀를 내려다보며 '그래, 이제 죽게 된다고?' 라고 물었다. '물론 죽습니다.' 하며 여인은 눈을 동그랗게 떴다. 크고 윤기 있는 눈, 긴 속눈썹에 싸인 눈망울은 그대로 온통 새까맣다. 그 새까만 눈동자에 내 모습이 선명하게 비친다.

나는 투명할 만큼 깊어 보이는 여인의 검은 눈동자를 바라보며, 이런 사람이 죽을 수 있는지 의문스러웠다. 그래서 다정하게 베개 곁에 입을 대고 다시 물었다. '죽는 건 아니겠지? 괜찮은 거지?' 그랬더니 여인은 졸리는 듯 검은 눈을 크게 뜨고 역시 조용하게 대답했다. '하지만 죽습니다. 어쩔 수 없어요.'

나는 여인에게 '그럼 지금 내 얼굴이 보이는 거요?' 진지하게 물었다. 그러자 여인은 '그럼요, 보이고말고요, 내 눈동자에 당신이 비치고 있잖아요.' 답하며 나에게 생긋이 웃어보였다. 나는 말없이 베개에서 얼굴을 떼고 다시 팔짱을 끼고 '결국은 죽는구나', 생각했다.

한참 후에 여인이 다시 입을 열었다.

"저 죽으면 묻어주세요. 커다란 진주조개로 구멍을 파고, 하늘에서 떨어지는 별의 파편을 묘비로 놓아주세요. 그리고 무덤 곁에서 기다려 주세요. 또 만나러 올 테니까요."

나는 언제 만나러 오느냐고 물었다.

"해가 뜨지요. 그리고 해가 져요. 그리고 다시 뜨지요. 그리고 다시 지지요. 붉은 해가 동쪽에서 서쪽으로, 동에서 서로 떨어져 갈 동안에 당신은 기다리고 있을 수 있겠어요?"

나는 말없이 고개를 끄덕였다. 여인은 조용한 어조를 한층 높여서 말했다.

"백 년 동안 기다려 주세요. 백 년. 내 무덤 곁에 앉아서 기다려 주세요. 꼭 만나러 올 테니까요."

나는 기다리겠다고 했다. 그때 검은 눈동자 속에 선명하게 보이던 내 모습이 어스름하게 허물어졌다. 조용한 물이 움직이며 그림자를 흩뜨리듯이 흐른다고 생각하는 순간, 여인의 눈이 꼭 감겼다. 긴 속눈썹 사이로 눈물이 주르르 흘러내렸다. 이젠 그녀가 죽었다.

나는 뜰에 내려가서 진주조개로 구멍을 팠다. 크고 매끄럽고 가장자리가 예리한 진주조개로 흙을 퍼 올릴 때마다 조개 안에 달빛이 비쳐서 반짝거렸다. 축축한 흙냄새도 났다. 한참 후에 구멍을 다시 파서 여인을 그 속에 넣고 부드러운 흙을 살며시 떠 얹었다. 그럴 때마다 진주조개 안에 달빛이 비쳤다.

그리고 떨어진 별조각을 주워 와서 흙 위에 살짝 얹었다. 별조각은 둥글었다. 오랫동안 하늘에서 떨어지는 사이에 모서리가 다 닳아 매끄러워졌겠지, 생각했다. 별조각을 두 팔로 안아서 흙 위에 올려놓는 동안 내 가슴과 손이 조금 따뜻해졌다.

나는 이끼 위에 앉았다. '지금부터 백 년 동안 이렇게 기다리고 있어야겠구나' 생각하면서 팔짱을 낀 채 둥그런 묘비를 바라보고 있었다. 머지않아 여인이 말한 대로 동쪽에서 해가 솟았다. 크고 붉은 해였다. 그것은 또 여인이 말한 대로 마침내 서쪽으로 떨어졌다. 붉은빛 그대로 뚝 떨어졌다. 나는 '하나'하고 세었다.

한참 있으니 또다시 새빨간 태양이 넌지시 올라왔다. 그리고 가만히 가라앉았다. '둘'하며 또 세었다.

이렇듯 하나 둘 세어가는 동안에 붉은 해를 몇 개나 보았는지 알 수 없었다. 세어도 세어도 이루 다 셀 수 없을 만큼 많은 붉은 해가 머리 위를 지나갔다. 그런데 백 년은 아직 오지 않았다. 마침내 이끼가 낀 둥근 돌을 바라보면서 나는 여인에게 속은 게 아닌가 생각하게 되었다.

그런 생각을 하는 순간, 돌 밑에서 초록 줄기가 내 쪽을 향해 비스듬히 뻗어 나왔다. 보고 있는 사이에 점점 더 길어져서 마침내 가슴께쯤에 멈추는가 싶더니 살랑살랑 흔들리는 줄기 꼭대기에 고개를 갸우뚱 숙인 듯한 갸름한 꽃봉오리가 활짝 꽃잎을 펼쳤다. 새하얀 백합이 코앞에서 뼈에 사무치리만큼 진한 향기를 피웠다. 그리고 아득히 먼 위쪽에서 똑, 이슬이 떨어지자 꽃은 제 무게에 흔들거리며 움직였다. 나는 고개를 앞으로 내밀어 차가운 이슬이 떨어져 내린 하얀 꽃잎에 입을 맞추었다. 내가 백합에서 얼굴을 떼는 순간 문득 먼 하늘을 보니, 샛별 하나가 외롭게 깜박이고 있었다.

'백 년은 벌써 와 있었구나.'

비로소 나는 깨달았다.

사랑의 영원한 현재성

「첫 번째 밤의 꿈」이야기는 평이하게 읽히는 듯 하지만 아름답고 심오하고 동시에 난해하다. 원고지로는 12매 분량으로 스마트 소설의 전형을 보여주고 있는 탁월한 예라고 할 수 있다.

대가의 작품은 오랜 세월이 지나도 변함없는 생명력을 지닌다. 그리고 무한하고도 유연한 모호성을 함께 지니고 있다. 나스메 소세키의 십야몽(十夜夢)이 바로 그러하다. 길고 긴 이야기가 반드시 대작이 아닐 수 있다. 작은 작품이지만 대작일 수도 있고, 거대한 장편이지만 소품일 수도 있다. 작품의 길이와는 상관없이 말하고자 하는 그 무엇이 인간의 본질을 건드리고 선포할 수 있다면 보편적인 기억에 남을 수 있는 것이다.

이야기가 시작되면서부터 '죽는다'라는 말이 연거푸 열 번이나 나온다. 마치 인간이 죽는 존재라고 아무리 말해지더라도 믿을 수 없다는 듯이, 남자와 여자는 그 말을 서로 주고받는다. 인간적인 모습이다. 사실 누구나 죽는다는 걸 모르는 사람은 없다. 단지 우리는 "내가" 죽는다라는 것이 실감이 나지 않을 뿐이다. 적어도 직접 죽음의 문턱에 가기 전까지. 아니 죽음의 문턱이라기 보다는 죽고 나서야 비로소 알게 되는지도.

물론 이 소설이 그것을 이야기하려는 것은 아니다. 인간이 반드시 만나야 할 '죽음'과 진주조개로 구멍을 파서 땅에 묻는 고통과 사랑에 이야기의 초점이 있다. 그리고 오랜 기다림을 통해 사랑이 완성되는 아름다움을 함께 보여주고 있다.

십야몽(十夜夢)에서, 남자와 여자의 사랑이 첫 번째 이야기 라는 점이 의미가 깊다. 여기서 남자가 여자를 사랑했다는 말 같은 건 없지만. 남자는 긴 기다림을 통해서 여자의 환생이기 도 한 백합향기와 샛별 하나로 인해 깊은 눈을 획득하게 되는 데, 이 부분이 문학적이고 또한 아름답다. 화자인 남자가, '비로 소 나는 깨달았다'가 마지막 문장이다. 그의 말은 무엇을 의미 하는 걸까? 질문들이 마음에 앙금처럼 고요히 남는다.

그건 어쩌면 아름다운 것은 죽어도 죽지 않는다는 말이 아니 었을까. 또는 백년이라는 시간, 길다면 긴 그 시간은 사랑하는 찰나의 지점과는 다르게 위치하고 있지 않다고 말하는 걸까. 아니면 영원이라고 부르는 것은 이미 '순간' 이곳에 있다는 비 의를 깨달았다는 걸까.

작품은 이야기를 '어떻게 바라보느냐'에 대한 통찰을 담고 있다. 어차피 꿈일지도 모르는 우리의 삶을 어떻게 인식하고 보느냐에 따라 무한한 세계가 펼쳐진다는 것을 보여주고 있다. 이 작품에 관한 평론은 숱하게 많겠지만 가장 중요한 것은 아 름답다는 점이다. 개인적으로 예술을 통해 아름다움이 이렇게 영속되는 것을 덤으로 느꼈다.

나쓰메 소세키

세 번째 밤

이런 꿈을 꾸었다.

여섯 살짜리 어린아이를 업고 있다. 틀림없는 내 아이다. 단지 언제부터인지는 모르나 어느새 아이의 눈이 찌부러져 있고 머리는 까까중이다. 언제부터 눈이 멀었느냐고 물었더니, '그냥 옛날부터'라고 말한다. 목소리는 어린아이임에 틀림없는데 말투는 완전히 어른이다. 게다가 반말 투다.

좌우는 비가 푸릇푸릇한 논이고 길은 좁다. 이따금 해오라기의 그림자가 황혼의 어둠 속에서 어른거린다.

"논으로 접어들었군."

등에서 아이가 입을 열었다.

"어떻게 알아?"

내가 뒤로 얼굴을 돌리며 물었다.

"해오라기가 울고 있잖아."

그러자 과연 해오라기가 두어 번 울었다. 나는 내 자식이지만 조금 무서웠다. 이런 것을 업고 있다가는 앞으로 무슨 일이 생길지 두려웠다. 어딘가 내던져버릴 곳은 없나 하고 건너편을 보니 짙은 어둠 속에 큰 숲이 보였다. 저기라면 괜찮겠다고 생각한 순간 등에서 '흥!' 하는 소리가 났다.

"왜 웃어?"

아이는 아무 대답도 하지 않고, 다만 이렇게 물었다.

"아버지, 무거워?"

"무겁지 않아." 하고 대답하자, "이제 곧 무거워질 거야."라고 아이가 말한다.

나는 말없이 숲을 향해 걸어갔다. 논두렁길이 이리저리 구부러져 있어서 생각대로 나아갈 수가 없었다. 조금 가니 갈림길이 나왔다. 나는 갈라진 곳에 서서 잠시 쉬었다.

"돌이 서 있을 텐데." 하고 아이가 말했다.

과연 귀퉁이에 모가 난 돌이 여덟 치 정도 허리에 닿을 만한 높이로 서 있다. 돌 표면에는 '왼쪽은 히게쿠보, 오른쪽은 홋다하라' 라고 쓰여 있었다. 어두운데도 글씨가 선명하게 보였다. 글자는 도롱뇽의 배처럼 붉은 빛깔이었다.

"왼쪽으로 가는 게 좋을 거야."

아이가 명령했다. 왼쪽을 보니, 조금 전의 그 숲이 높은 하늘에서 우리들 머리위로 어둠의 그림자를 드리우고 있었다. 나는 조금 주춤했다.

나쓰메 소세키

"망설이지 않아도 돼."

아이가 또 말했다. 나는 어쩔 수 없이 숲 쪽으로 걸어갔다. 속으로는 '소경 주제에 모르는 게 없구나' 생각하면서 외길인 논두렁을 따라 숲으로 가까이 다가갔다. 그때 등 뒤에서 아이가 중얼거렸다.

"아무래도 소경은 자유롭지 못해서 안 되겠어."

"그래서 업어 주니 됐잖아?"

"업어 줘서 고맙긴 하지만 사람들에게 푸대접을 받아서 안 되겠어. 부모한테까지 푸대접을 받으니."

나는 어쩐지 아이가 싫어졌다. 빨리 숲으로 가서 내버리려고 걸음을 서둘렀다.

"조금만 더 가면 알 수 있어. 바로 이런 밤이었지."

아이는 등에서 혼잣말처럼 중얼거리고 있었다.

"뭐가?"

나는 맘속의 불편함을 숨기고 다급한 목소리로 물었다.

"뭐라니! 알고 있잖아."

아이는 비웃듯이 말했다. 그러고 보니 뭔가 알 것만 같은 생각이 든다. 그러나 확실하게는 알 수 없다. 그저 이런 밤이었던 것처럼 생각될 뿐이다. 내 생각엔 조금 더 가면 알게 될 듯 했다. 알고 나면 큰일이니 아직 모르고 있을 때 빨리 이 귀찮은 짐을 내버리고 이곳에서 빨리 도망쳐야 할 것만 같아 나는 더욱더 걸음을 재촉했다.

조금 전부터 비가 내리고 있다. 길은 점점 어두워지고 나는 꿈을 꾸듯 정신없이 걷는다.

이상하게도 등에 달라붙은 조그만 아이가 모든 것을 남김없이 알고 있으면서 마치 빛으로 아무것도 감출 수 없다는 듯이 내 과거, 현재, 미래를 거울처럼 비추고 있다. 게다가 이 아이는 바로 내 자식이다. 그리고 소경이다. 나는 견딜 수 없이 초조해졌다.

"여기야, 여기. 바로 그 삼나무 밑이야."

빗속에서 아이의 목소리가 똑똑히 들렸다. 나는 그대로 멈춰 섰다. 어느새 숲 속으로 들어와 있었다. 바로 몇 미터 앞에 서 있는 거무스레한 것은 틀림없이 아이 말대로 삼나무 같았다.

"아버지, 저 삼나무 밑이었지?"

"응, 그래."

나는 무심코 대답해 버렸다.

"분카(文化) 5년 용해(辰歲)였지."

과연 분카 5년 용해였다는 생각이 들었다.

"당신이 나를 죽인 것은 지금으로부터 꼭 백 년 전이야."

나는 그 말을 듣자마자 지금부터 백 년 전, 분카 5년 용해의 이런 어두운 밤에, 이 삼나무 밑에 한 소경을 죽였던 기억이 홀연히 머릿속에 떠올랐다.

'나는 살인자였구나.'

비로소 깨달은 순간 등에 있던 아이가 갑자기 돌부처처럼 무거워졌다.

나쓰메 소세키

여덟 번째 밤

이발소 문턱을 넘어서자 하얀 가운을 입은 남자 서너 명이 모여 있다가 한꺼번에 '어서 오십쇼!' 하고 입을 모은다.

한가운데에 서서 실내를 휘익 둘러보니 이발소는 네모난 방이다. 두 면으로 창문이 나 있고 나머지 두 곳엔 거울이 걸려 있다. 거울 수를 세어보니 모두 여섯 개나 된다.

나는 그 중 한 거울 앞에 가서 앉았다. 의자가 내 엉덩이 무게에 푹 꺼지는 소리를 낸다. 푹신한 게 상당히 느낌이 좋았다. 거울에 내 얼굴이 멋있게 비쳤다. 얼굴 뒤로 창문이 보이고 칸막이로 가려진 계산대가 비스듬하게 눈에 들어왔다. 칸막이 안에는 사람이 없었다. 창밖으로는 지나다니는 사람들의 상반신이 잘 보였다.

쇼타로가 여인과 함께 지나간다. 쇼타로는 어느새 파나마모자를 사서 쓰고 있다. 언제 여자를 또 사귀었는지 모르겠지만 둘 다 흐뭇해하는 표정이었다. 여자의 얼굴을 더 자세히 보려고 하는 사이에 그대로 지나가버렸다.

두부장수가 나팔을 불며 지나가고 있다. 항상 나팔을 불어서 뺨이 벌에 쏘인 것처럼 부풀어 있다. 그렇게 부푼 채로 지나가서 여간 마음이 쓰이지 않는다. 평생 그는 벌에 쏘여 있는 뺨을 부둥켜안고 살아갈 것만 같아 애처롭다.

게이샤가 나타났다. 아직 화장을 하지 않은 얼굴이다. 묶은 머리 사이사이 삐져나온 머리카락들이 느슨히 풀어져 있어 왠지 단정치 못하다. 얼굴도 잠이 덜 깬 것 같다. 얼굴색이 가엾을 정도로 나쁘다. 그래도 누군가에게 절하면서 뭐라고 인사를 하는데 아무리 봐도 상대는 거울 속에 보이지 않는다.

그때 흰 가운을 입은 몸집이 큰 사내가 내 뒤에 나타났다. 가위와 빗을 든 채로 사내는 내 머리를 주의 깊게 내려다보았다. 나는 성긴 수염을 비틀며, '어떻소, 숱이 적은데 괜찮겠소?' 하고 물었다. 사내는 아무 대꾸도 하지 않았다. 그러나 손에 쥔 호박색 빗으로 내 머리를 가볍게 두드렸다.

"그러면 머리는 어때? 괜찮겠나?"

나는 또다시 물었다. 흰 옷의 사내는 여전히 아무 대꾸도 없이 재깍재깍 가위질을 하기 시작했다.

거울에 비치는 모습을 하나도 남김없이 보려고 눈을 크게 떴으나, 가위 소리가 날 때마다 검은 머리카락이 날아오는 바람에 무서워서 그만 눈을 감았다. 그러자 흰 가운의 사내가 물

　　　　　　　　　　　　　　　　나쓰메 소세키

었다.

"선생께서는 밖에 있는 금붕어 장수를 보셨는지요?"

나는 보지 못했다고 했다. 흰 가운의 사내는 그 말 한마디만 던지고는 다시 부지런히 가위질을 한다.

그때 갑자기 누군가가 '위험해!' 라고 큰 소리로 외쳤다. 나는 깜짝 놀라 눈을 떴다. 흰 가운의 소매 밑으로 자전거 바퀴가 보였다. 이어서 인력거의 수레가 보인다고 생각하는 순간, 흰 가운의 사내가 양손으로 내 머리를 누르며 옆으로 홱 돌렸다. 자전거와 인력거는 시야에서 사라졌다. 다시 가위 소리가 찰칵 찰칵 난다.

이윽고, 흰 가운의 사내는 내 옆으로 돌아와서 귀 언저리를 깎기 시작했다. 나는 머리카락이 앞으로 날아오지 않아서 안심하고 눈을 떴다. 바로 그 순간 '좁쌀 떡 사려, 좁쌀 떠~억.' 하는 노래를 부르는 듯한 소리가 들려온다. 조그만 절굿공이를 일부러 절구통 속에 넣고 장단을 맞추며 떡을 치고 있다. 좁쌀 떡집은 어렸을 때 본 것이 전부라서 어떻게 생겼는지 좀 보고 싶었다. 하지만 좁쌀떡 장수는 결코 거울 속에 나타나지 않았다. 단지 떡을 치는 소리만 들릴 뿐이다.

나는 있는 힘을 다해 곁눈질로 거울 구석 쪽을 들여다보았다. 그랬더니 카운터 칸막이 안에 언제부터인지 여자 하나가 앉아 있는 모습이 눈에 들어왔다. 커다란 몸집에 피부가 까무잡잡하고 눈썹 숱이 많은 여인이다. 그녀는 뒤에서 묶은 머리를 좌우로 나누어 반달 모양으로 둥글려서 은행잎처럼 틀어 올리고, 검은 공단 깃을 단 홑겹 차림으로 무릎을 세운 채 지폐를 세고 있다. 지폐는 10엔짜리 같다. 여자는 긴 속눈썹을 내리깔고 얇은 입술을 다문 채 열심히 지폐를 세고 있는데 그 솜씨가 매우 빠르다. 그런데도 지폐의 수는 언제까지 세어도 끝날 것 같지 않다. 무릎 위에 올려놓은 지폐는 고작 백 장쯤이었는데, 그 백 장이 아무리 세어도 백장 그대로다.

나는 멍하니 그녀의 얼굴과 10엔짜리 지폐를 쳐다보고 있었다. 그때 귓전에서 흰 가운의 사내가 큰소리로 머리를 감자고 했다. 마침 좋은 기회라 의자에서 일어나자마자 카운터 칸막이 쪽을 뒤돌아보았다. 그러나 카운터 안에는 여인도 지폐도 아무것도 보이지 않았다.

이발비를 내고 밖으로 나왔다. 문간 왼쪽에 둥근 모양의 나무통이 다섯 개가 나란히 놓여 있고, 그 속에 빨간 금붕어, 점박이 금붕어, 야윈 금붕어와 살찐 금붕어가 가득 들어 있었다. 그리고 그 뒤에 금붕어 장수가 앉아 있었다. 금붕어 장수는 자기 앞에 늘어놓은 금붕어들을 지켜보며 턱을 괴고 가만히 있다. 시끌벅적한 길거리에는 통 관심이 없다. 나는 한참 서서 그 금붕어 장수를 바라보고 있었다. 그러나 내가 바라보고 있는 동안에도 금붕어 장수는 조금도 움직이지 않았다.

나쓰메 소세키

화두로 꽉 찬 우리의 일상

현실은 울퉁불퉁한 거울! 우리가 사는 현실이 파란만장해서라기보다 이해불가능하기 때문이다. 양자역학이후로는 과학조차도 눈에 보이는 세계가 불확정하다고 말하고 있으니 현실이라고 여기는 것이 무엇인지 오리무중에 빠질 수밖에 없게 되었다. 그렇다면 백 년 전의 문학은 현실을 어떻게 보았는지, 상징의 언어와 인물의 화두를 가지고 살펴보기로 하겠다.

방의 공간

이야기가 열리자마자 화자는 어떤 방에 들어간다. 방이란 공간은 늘 어떤 정체성을 뜻한다. 그러므로 꿈에서의 방은 여지없이 꿈꾸고 있는 자의 정체성을 상징하고 있다. 이곳은 네모난 방이고 창문이 두 군데 열려 있다. 마치 우리의 삶에는 탄생과 죽음이란 두 창문만 열려 있 듯이. 출입구에는 하얀 가운을 입은 사람들이 '어서 오십시오, 하고 소리치는 이 세상에 화자를 비롯한 우리 모두는 불현듯 와 있다.

바깥 풍경

화자는 방에 들어가서 거울에 잠시 자신의 얼굴을 비추어보다가 얼른 창밖으로 시선을 돌린다. 거기에는 타인들이 지나가고 있다. 한 개인의 정체성은 늘 타자와 연결되어 있는 법. 타인들의 모습이 당사주처럼 지나간다. 여인과 함께 흐뭇해하는 쇼타로의 모습이, 고단한 두부장수의 불만스런 모습이, 익명의 타자들을 기쁘게 해주려고 애쓰는 어린 기생의 애처로운 모습이, 각각의 운명을 담은 당사주처럼 비추어지면서 스쳐간다.

가위질

꿈은 온통 상징으로 둘러싸인 현실이다. 우리가 그것을 다 해독할 수 없을 뿐. 여기서 가위질만 해도 그렇다. 불교에서 머리를 깎는 행위가 출가의 상징이듯이 세속에서도 머리카락을 자르는 것은 마치 버릴 것을 버리는 행위와 다를 바가 없다. 헛된 망상과 그릇된 선입관으로 그득한 머릿속 대신에 머리카락을 제거하는 것은 영적인 행위의 상징처럼 읽힌다.

거울 속을 스쳐가는 사람들

화자가 거울에 비치는 모습을 하나도 남김없이 보려고 눈을 크게 뜨자, 흰 가운의 사내가 묻는다. '선생께서는 밖에 있는 금붕어장수를 보셨는지요?' 하고. 그 한 마디에 당혹한 화자에게 이상한 변용이 일어난다. 그때부터 상황은 보이지 않고 소리만 들린다. 〈위험하다고 소리치는 자〉와 〈좁쌀떡 파는 장수〉가 흘끗흘끗 지나간다. 문학적이고 절묘하다! 일어나는 현상은 거울 속에 나타나지 않고 오직 소리만 들린다. 화자는 머리카락이 자기 앞으로 날아 올 것이 두려워 눈을 떴다 감았다 깜박깜박 할 수밖에 없다. 대면하기 두려워하는 모습을 유머러스하게 그리고 있다.

지폐를 세고 있는 여자

자본주의까지 가지 않더라도 남자에게 가장 현실적이고 구체적인 것이 여자와 돈이다. 여자는 긴 속눈썹을 내리깔고 빠른 솜씨로 10엔짜리 지폐를 열심히 세고 있지만 이상하게도 아무리 세어도 지폐의 수는 그대로이다. 화자는, 이것이야말로 현실이 아닐까, 눈을 가늘게 뜨고 있는 힘을 다해서 들여다본다. 여자는 화자와 같이 이발소 안에 있다. 여자의 행동거지가 디테일하게 묘사되어 있으면서도 상당히 구체적이다. 화자는 의자에 일어나 곧 확인하려 해본다. 그런데 웬일인지 여자도, 지폐도, 눈에 보이지 않는다. 허상인지 꿈인지 알 수 없다.

여기서 작가는 우리에게 질문하고 있다. 당신이 보는 현실이란 과연 확고한 것인가? 정말로 있는 거냐, 없는 거냐? 우리 모두는 작은 방에 갇혀, 각자의 거울에 비친 것만을 전부인양 살고 있는 게 아니냐고!

금붕어 장수

화자는 머리를 깎고 나와서 한참동안 서서 금붕어장수를 바라본다. 화자가 바라보고 있는데도 금붕어 장수는 조금도 움직이지 않는다. 소란스런 한길의 움직임에도 아랑곳하지 않고.

그는 누구일까? 화자가 이발소에 들어올 때 보지 못했지만 나갈 때 만나는 그는? 자신 앞에 금붕어들을 말없이 지켜보며 턱을 괴고 있는 금붕어 장수는 도대체? 마치 신의 세숫대야 같은 작은 나무통 안에 쇼타로 같은 빨간 금붕어, 두부장수 같은 반점이 있는 금붕어, 어린 기생 같은 야윈 금붕어들이 놀고 있는 것을 가만히 들여다보고 있는 그는?

자기 앞에 금붕어들을 지켜보고 턱을 괴고 가만히 있는 금붕어장수처럼, 누군가가 이 세상이란 제한된 틀 안에서 놀고 있는 인간을 가만히 지켜보고 있는 게 아닐까? 우리 모두가 알 수 없는 이유로 이 세계에 문득 와 있는 게 너무도 신비스럽다는 듯이 이야기가 끝난다.

나쓰메 소세키의 여덟 번째 꿈 이야기는 선(禪)의 화두 같다. 출구에서 벗어나서야 알 수 있는 우리의 생은, 과연 꿈처럼 모호한 것! 현실은 있기도 하고 없기도 하다는 불교의 공(空)사상에 뿌리를 둔 세계관과 깊은 연결이 있는 소설이다.

뱀

　대문을 열고 밖으로 나갔다. 큼직한 말발자국 속에 빗물이 가득 고여 있었다. 땅을 밟으니 흙탕물 소리가 발바닥에서 딸려 올라온다. 발뒤꿈치를 들어 올리는 게 아픈데다, 나무통을 오른 손으로 들고 있어 걸음을 떼기도 어려웠다. 물이 고여 있는 웅덩이를 지날 때에는 상반신의 균형을 잡기 위해 손에 든 걸 내팽개치고 싶을 정도였다. 마침내 나무통을 흙탕물 밑에 붙박아 내려놓고 말았다. 넘어질 듯한 아슬아슬한 순간에 다시 나무통 손잡이에 의지하고 맞은편을 바라보니 서너 걸음 앞에 아저씨가 있다.

　그는 어깨 뒤로 도롱이를 걸치고, 삼각으로 접어놓은 그물 비슷한 망은 허리춤까지 축 늘어져 있다. 그 순간 아저씨가 쓰고 있던 삿갓이 조금 움직이는 듯했다. 삿갓 속에서 '정말 끔찍한 길이군' 하는 아저씨의 말소리가 들렸다. 도롱이 *그림자*는 마침내 비에 휩쓸려갔다.

나는 돌다리 위에 서서 아래를 내려다보았다. 흙탕물이 풀잎 사이로 밀려오고 있었다. 비가 오지 않을 때의 강물 수위는 복사뼈 정도밖에 되지 않는다. 보통 때 얕은 강물이 말풀을 흔들며 흘러내리는 모습을 보기만 해도 마음이 평화로워지곤 했다. 그런데 오늘은 바닥부터 탁했다. 강바닥에서 흙탕물이 부글부글 끓어오르고, 표면 위로 빗방울이 사정없이 두드려대는 강 한가운데에서는 소용돌이가 일었다. 한참 소용돌이를 지켜보고 있던 아저씨가 혼잣말을 한다.

"잡을 수 있겠다" 라고 중얼거렸다.

두 사람은 다리를 건너 곧 왼쪽으로 방향을 바꾸었다. 소용돌이는 푸른 논 한가운데까지 이어진다. 어디까지 이어졌는지 알 수 없는 강의 흐름을 따라 우리는 상당한 거리를 걸었다. 그리고 넓은 논에 이르자 둘이 우뚝 섰다. 보이는 것은 오직 비뿐이었다.

아저씨는 삿갓 속에서 하늘을 우러러보았다. 하늘은 찻그릇 뚜껑처럼 어둡게 밀봉되어 있다. 그 어딘가에서 비는 그치지 않고 쏟아진다. 서 있다 보니 빗소리가 무섭게 들린다. 삿갓과 도롱이에 빗방울들이 부딪히는 소리였다. 그리고 넓게 펼쳐진 평야에 비가 흩뿌리는 소리였다. 맞은편에 보이는 키오 신사 뒤쪽 숲에 내리는 소리도 섞여 들려오는 듯하다.

숲 위로는 검은 구름이 무겁게 걸려 있다. 구름은 자신의 무게를 견딜 수 없어 점점 아래쪽으로 처진다. 구름의 검은 무리가 어느새 삼나무 머리 쪽을 휘감기 시작한다. 아마도 조금 있으면 삼나무 숲속에 비가 내릴 것 같다.

문득 정신을 차려 발아래를 내려다보니, 강 위쪽에서 소용돌이가 계속해서 흘러내려오고 있다. 키오 신사 뒤편에 있는 연못이 구름의 습격이라도 받은 게 아닐까. 갑자기 소용돌이가 힘을 받은 듯이 물의 기세가 보통이 아니었다. 아저씨는 소용돌이 기세를 유심히 지켜보다가 입을 열었다.

"잡을 수 있어."

마치 무언가를 잡은 듯한 말투였다.

이윽고 아저씨는 도롱이를 입은 채 물속으로 들어갔다. 강물의 기세가 심상치 않은 것에 비해서는 그다지 깊지 않았다. 서 있으면 허리까지 물이 차오를 정도였다. 아저씨는 강 한 가운데에 섰다. 신사 뒤편 숲을 정면으로 바라보며, 강을 향하여 어깨에 메고 있던 그물을 던졌다.

두 사람은 미동도 하지 않는 채, 눈앞에 밀려오는 소용돌이를 바라보고 있었다. 키오 신사 연못의 물고기들이 이 소용돌이 밑을 흘러가고 있음이 틀림없었다. 아저씨는 그물을 잘만 던지면 굉장한 놈을 잡을 수 있다는 일념으로 사나운 강물을 바라보고 있었다. 물은 처음보다도 훨씬 탁해져 있다. 강물의 겉만 보아서는 강 속에 어떤 물고기가 떠내려가는지 알 수 없다. 나는 한순간도 놓치지 않고 강물에 잠긴 아저씨의 손이 움직이는 순간을 기다리고 있었다. 아저씨의 손목은 쉽사리 움직이지 않는다.

빗발이 점점 검은빛으로 변해갔다. 물빛이 점점 무겁게 느껴졌다. 소용돌이는 거칠고도 숨 가쁘게 강 위로 달려 나온다. 이때였다! 검은 강물이 번개처럼 내 눈앞을 지나가려는 순간, 이상한 모양의 물체가 눈에 들어왔다. 짧은 순간이었으나 나는 마치 비수처럼 번쩍이는 물체가 상당히 기다랗다는 느낌을 받았다. 저건 분명 커다란 뱀장어가 틀림없다고 생각했다.

바로 그 순간, 흐르는 물살을 거스르며 그물의 손잡이를 잡고 있던 아저씨의 오른쪽 손목이 어깨 위까지 튀어오를 듯 움직였다. 이어서 내가 아까 흘깃 보았던 것과 비슷하게 생긴 것이 아저씨의 손에 잡혔다. 그 물체는 검은 빗줄기 속에서 무거운 밧줄처럼 곡선을 그리며 맞은편 둑 위로 툭 떨어졌다. 나는 달려갔다. 둑 위에는 뱀 한 마리가 모가지를 한 자도 넘게 꼿꼿이 세우고 기다리고 있었다. 그리고는 험악하게 우리 둘을 노려보고 있었다.

"기억해 둬."

목소리는 분명 아저씨 것이었다. 동시에 모가지를 꼿꼿하게 세웠던 뱀은 풀 속으로 사라졌다. 아저씨는 새파랗게 질린 표정으로 방금 전에 뱀을 낚아 올린 곳을 보고 있었다.

"아저씨, 조금 전 '기억해 둬'라고 말한 게 아저씨였어요?"

아저씨가 내 쪽을 바라보았다 그리고 낮은 목소리로 '누가 그런지 모르겠는데' 라고 말했다. 지금도 아저씨는 이 이야기를 할 때면 '누구인지 잘 몰라' 하고 대답하면서 묘한 표정을 짓는다.

나쓰메 소세키

안개

어젯밤은 잠을 자다가 잠결에 어떤 소리를 들었다. 근처에 있는 그레이엄 환승역에서 들리는 소리였다. 이 환승역에는 하루에도 천 대 이상의 기차들이 모여든다. 계산해보면 일 분에 한 대꼴로 기차가 드나드는 셈이다. 기차는 안개가 짙게 낄 때면 어떤 장치에 의해 정거장 바로 옆에 와서 폭죽 같은 소리를 내며 미리 신호를 보내준다. 빨갛고 파란 신호등 불빛이 전혀 보이지 않을 만큼 어둡기 때문이다.

나는 침대에서 내려와 북쪽 창문을 걷어 올리고 바깥을 내려다보았다. 밖은 온통 희미함으로 가득했다. 아래 잔디밭에서 2미터 남짓한 붉은 벽돌담까지 아무것도 보이지 않는다. 온 천지가 공허한 무엇인가로 가득 차 있다. 그리고 그 상태로 죽은 듯이 얼어붙어 있다. 이웃 정원도 마찬가지다. 정원에는 예쁜 잔디가 있어 따뜻한 초봄이 되면 흰 수염 기른 할아버지가 해바라기를 하러 나오던 곳이다. 그럴 때마다 할아버지 오른 손에는 언제나 앵무새가 앉아 있었다. 할아버지는 자기 눈을 앵무새 부리에 쪼이기로 작정한 듯이 바싹 앵무새 옆으로 갖다 대곤 했다. 그러면 앵무새는 날개를 퍼덕이며 몹시 울어댔다. 할아버지가 나오지 않을 때는 딸이 나와서 긴 치맛자락을 끌며 쉴 새 없이 그 정원에 잔디깎기를 굴렸다. 이런 기억으로 가득 찬 정원도 지금은 안개에 묻혀, 황폐한 내 하숙집과 경계도 없이 이어져 있다.

뒷골목 건너편에는 고딕식 교회의 종탑이 있다. 하늘을 찌를 듯이 솟구쳐 있는 종탑 꼭대기에서는 언제나 종이 울렸다. 일요일에 더욱 크게 울렸지만 오늘은 날카롭게 우뚝 솟은 종탑 꼭대기는 물론이고 보도블록조차 보이지 않는다. 바로 저기인가 생각하던 곳이 알고 보면 전혀 다른 곳이기도 하다. 왠지 종탑에서 종소리가 들려오지 않는다. 종은 형태 없는 짙은 그림자 저편에 깊이 갇혀 있다.

바깥에 나가보니 4미터 정도의 앞만이 보일 뿐이다. 그 4미터가 끝나면 또 4미터쯤 앞이 보인다. 세상이 오직 그만한 간격으로 줄어든 듯 싶다. 그러나 걸으면 걸을수록 새로운 4미터가 사방에서 나타난다. 그 대신 막 통과한 과거의 세계는 통과해온 만큼 사라져간다.

사거리에서 버스를 기다리고 있는데, 잿빛 공기를 가르고 불쑥 말 모가지가 나타났다. 버스에 앉아 있는 승객들은 아직 안개 속에서 내릴 생각을 하지 않는다. 이쪽에서 안개를 휘저으며 버스에 뛰어올라 아래를 내려다보니, 말 모가지가 이미 어슴푸레 흐려져 있다. 맞은편에서 달려오는 버스와 내가 탄 버스가 마주칠 때면 그 순간이 아름답다고 느껴진다. 그러나 그것도 한 순간이고, 색깔이 있는 모든 것은 흐릿한 공기 속으로 사라져버린다. 끝없는 무색의 세계로 들어간다. 웨스트민스터 브리지를 건널 즈음, 하얀 것이 얼핏 눈앞에서 나부꼈다. 살펴보니 갈매기가 꿈인 양 희미하게 날고 있었다. 그때 머리 위에서 빅벤 시계탑에서 엄숙하게 열시를 치기 시작했다. 빅벤 탑은 보이지 않고 잿빛 하늘에서 그냥 시계소리만 들려왔다.

빅토리아 구역에서 일을 보고 테이트 갤러리 옆의 강변을 따라 템스 강 배터시까지 오니 지금까지 회색이던 세계가 갑자기 검어진다. 석탄을 진하게 녹여서 이 근방에 뿌린 듯 검은 안개가 코로 돌진해왔다. 외투는 짓눌려지고 눅눅해져 있다. 가벼운 갈분탕을 마신 듯이 숨이 막힌다. 발밑은 물론 허방을 밟고 있는 느낌이다.

나는 이 괴로운 다갈색 공간 속에서 망연자실 멈추어 섰다. 옆으로 많은 사람이 지나가는 듯하다. 그러나 어깨를 부딪치지 않는 한, 정말로 사람이 지나가고 있는지 어떤지 알 수 없다. 그 순간 이 자욱한 큰 바다와도 같은 공간에 콩알만한 점이 흐릿하게 흘렀다. 나는 그 점을 따라 서너 발자국 움직였다. 그러자 어떤 가게 유리창 앞에 모여 있는 사람들 모습이 보였다. 가게 안에는 가스등이 켜져 있다. 안은 비교적 환했다. 언제나처럼 사람들이 바쁘게 움직이고 있었다. 나는 겨우 안심했다.

배터시를 지났다. 손으로 더듬지는 않았지만 간신히 맞은편 언덕으로 발길을 옮겼다. 그곳은 서민들의 주거지였다. 비슷비슷한 골목이 이리저리 뻗어 있어서 헷갈리기 십상이었다. 나는 맞은 편 왼쪽 두 번째 골목을 돌아서 여기로 왔다는 생각이 들었다. 그 후 두 블록쯤을 곧장 걸은 듯 싶기도 했다. 그 다음은 전혀 감이 잡히지 않는다. 나는 어둠 속에 홀로 서서 머리를 갸우뚱거렸다. 오른쪽에서 구두 소리가 가까워졌다. 귀를 곤두세우고 있는데 구두 소리는 저만큼 앞에서 멎는다. 그리고 다시 멀어져간다. 나중에는 전혀 들리지 않게 되었다. 쥐 죽은 듯이 조용하다. 나는 또 어둠 속에 홀로 서서 생각했다. 어떻게 하면 하숙집으로 돌아갈 수 있을까.

해바라기를 하던 노인의 고운 정원은 흔적도 없이 사라졌다
희미한 안개가 도시를 뒤덮어 길을 지우고
길을 나누던 경계마저 지운다
하늘을 찌를 듯 솟구쳐 있던 교회종탑의 종도
가늠되지 않는 허공에 갇힌다
그렇게 안개는 홀연히 신의 시간을 잠근다

하숙인은 거리로 나선다
보도블록조차 가늠되지 않는 길들
간신히 그가 통과하는 세계를 즉각 차압하는 안개
구원처럼 빅벤이 10시를 알려주지만 올려다보니
시계는 형체가 없다
그렇게 안개는 순식간에 사람의 시간을 잠근다

잠시 오른쪽에서 구두 소리가 들린다 이곳은 마을이다
누군가 그의 길잡이가 혹은 벗이 되어줄 수도 있을 텐데

그러나 그 소리도 안개의 어둠 속으로 멀어져간다
하숙인은 이제 이 세계를 모른다. 그는 미아가 되었다
사람들의 집 바로 곁에서

실체 없는 안개가 우리의 실체를 드러낸다
마주치는 한순간만 간신히 아름다운
미궁의 세계를 방황하는 **시간의 유예자**
하숙인은
지상의 임시거처, 하숙집으로 돌아갈 수 있을까

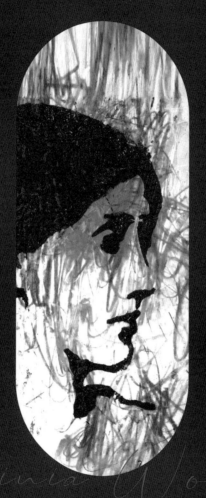

버지니아 울프

버지니아 울프 1882-1941

20세기 문학을 새롭게 일구어낸 선구적인 작가다. 같은 해에 태어난 제임스 조이스와 '의식의 흐름'이라는 새로운 문학적 기법을 선보였으며, 그녀 자신만의 독특한 문체로 산문을 시의 경지까지 끌어올렸다. 문체는 날카롭고 맵고 유머가 있으면서도 기상천외한 대담성을 지니는데, 백 년 전에 쓰였는데도 불구하고 21세기까지도 여전히 읽고 또 읽어야 할 영원한 이야기를 만들어냈다. 동시에 그녀는 선구적 페미니스트로서 적극적인 사회 참여와 함께 후대 여성들에게 깊은 신념과 해방을 선사한 인물이기도 하다.

유모 럭튼의 커튼
Nurse Lugton's Curtain

유모 럭튼은 잠이 들었다. 그녀는 드르렁, 코를 한번 크게 골 았다. 고개를 떨어뜨리고, 안경은 머리 위로 밀어놓고, 뻗쳐진 손가락 끝엔 골무를 끼운 채, 그녀는 벽난로 옆에서 졸고 있었 다. 목화 실 잔뜩 꿰어진 바늘은 댕그랑, 매달려 있는 채로, 그 녀는 코를 골고 또 골았다. 그녀의 무릎 위엔, 유모의 앞치마 전 부를 덮을만한 커다란 푸른색 천 하나가 놓여 있었다.

푸른 천에 숨어 있는 동물들은 유모 럭튼이 다섯 번 코를 골 때까지 꼼짝하지 않았다. 하나, 둘, 셋, 넷, 다섯! 아하, 유모가 드디어 잠이 들었다. 뿔 사슴이 줄무늬 얼룩말에게 고개를 끄 덕였다. 목이 긴 기린은 나무의 제일 꼭대기 잎사귀를 물어뜯 었다. 그러자 모든 동물들이 꿈틀거리고 팔딱대기 시작했다.

푸른 천 무늬에는, 야생 동물들의 한 무리가 있었고, 그들 바로 아래엔 호수와 다리와 지붕들이 있는 둥그런 마을이 있었고, 그곳의 조그만 남자와 여자들은 창밖을 내다보고 있거나 또는 말을 타고 다리를 건너고 있었다. 그런데 늙은 유모가 다섯 번째로 코를 골자마자, 푸른 천은 파란 공기로 바뀌고, 나무들은 흔들렸고, 호수에선 찰랑대는 물소리가 들려왔고, 사람들은 다리 위를 건너고, 창밖으로 손을 흔들었다.

이제 동물들이 움직이기 시작했다. 제일 먼저 코끼리와 얼룩말이었다. 그 다음에는 기린과 호랑이, 그 뒤엔 타조, 개코원숭이, 열두 마리의 땅 다람쥐와 한 떼의 거위들이 뒤따랐다. 펭귄들과 펠리컨들은 가끔 서로를 쪼아대기도 하면서, 뒤뚱뒤뚱 어기적어기적 함께 걸어갔다. 이들의 머리 위로, 럭튼 유모의 금빛 골무가 태양처럼 이글이글 타고 있었다. 그리고 럭튼 유모가 코를 골 때면, 동물들은 숲 전체를 휩쓸어가는 거센 바람소리를 들었다.

물을 마시러 동물들은 아래로 내려갔다. 동물들이 밟고 지나가자 푸른 커튼은—럭튼 유모는 존 재스퍼 킹햄 부인의 응접실 커튼을 만들고 있었다—잔디와 장미와 데이지가 있는 곳이 되었다. 하얗고 까만 돌이 여기저기 놓여 있고, 거기엔 웅덩이도 있고, 마차가 다니는 길도 있었다. 조그만 개구리들은 코끼리들이 그곳을 지나가도록 재빨리 깡충 피해주었다.

그들은 아래로 내려갔다, 물을 마시러 언덕 아래 호수로.

모두가 곧 호숫가 주변에 모였다. 어떤 동물은 몸을 굽히고, 다른 동물은 머리를 위로 젖혔다. 참으로 아름다운 광경이었

버지니아 울프

다. 유모 럭튼이 램프 빛 아래 윈저 의자에 앉아서 잠들어 있는 동안 그녀의 무릎 위를 가로질러 이 모든 동물들이 누워 있다고 생각해보면! 그녀의 앞치마가 장미와 잔디로 뒤덮여 있고 이 모든 야수들이 쿵쿵거리며 그 위를 짓밟고 간다는 걸 생각해보면! 럭튼 유모는 동물원에서 우산으로 쇠창살 사이를 질러 보는 것조차도 끔찍하게 무서워하는 데도 말이다. 심지어 작은 바퀴벌레 한 마리도 그녀를 화들짝 놀라 뛰어오르게 만드는 데 말이다. 하지만 럭튼 유모는 잠들어 있었다. 아무 것도 모르는 채로.

코끼리들이 물을 마셨다. 기린들은 키가 제일 큰 튤립나무의 이파리를 싹둑, 베어 먹었다. 다리를 건넌 사람들은 바나나를 던지거나, 파인애플도 공중 높이 던져 올렸다. 노란 모과열매와 붉은 장미 잎을 섞어 만든 아름다운 황금빛 빵도 던졌다. 왜냐면 원숭이들이 그런 것들을 좋아하기 때문이었다. 나이 든 여왕이 일인승 가마를 타고 그 옆을 지나갔다, 육군사령관도 지나갔다, 수상도 지나갔다, 해군 제독이, 형 집행관이 지나갔다. '밀라마치만토폴리스*'라고 불리는 매우 아름다운 장소인 그 마을의 사업계 고위인사들도 지나갔다. 아무도 사랑스런 동물들을 해치지 않았다. 그들은 동물들을 가엽게 여겼다, 왜냐하면 가장 작은 원숭이조차 마법에 걸려 있다는 사실이 잘 알려져 있었기 때문이었다. 거대한 여자 괴물이 동물들에게 올가미를 씌워 놓았고, 사람들은 그것을 알고, 그 거대한 여자 괴물을 럭튼이라고 불렀다. 사람들은 자기 집 창문에서 그녀를 볼 수 있었다. 그녀가 그들 위로 우뚝 솟아 있는 것을! 그녀의 옆얼굴은 거대한 절벽과 산사태가 나는 험한 산과 같았다. 그녀의 눈과 머리와 코와 이빨 사이에는 거대한 협곡이 있었다. 그녀는 자신의 영토로 길을 잘못 들어선 모든 동물을 산 채로 얼어붙게 만들었다. 그래서 하루 종일 그들은 그녀의 무릎 위에서 꼼짝 않고 가만히 서 있었다. 그러나 그녀가 잠에 곯아떨어지면 그때서야 동물들은 풀려나와 저녁에 물을 마시러 '말라마치만토폴리스'로 내려 왔던 것이다.

갑자기 유모 럭튼이 커튼을 홱, 잡아 당겼다. 커튼이 우글쭈글해졌다. 큰 청파리 한 마리가 램프 주위에서 붕붕거리다가 그녀를 깨웠던 것이다. 그녀는 똑바로 일어나 앉았다, 그리고는 바늘을 찔러 넣었다. 그러자 순식간에 동물들은 이전으로 되돌아갔다. 공기는 푸른 천이 되고, 커튼은 그녀의 무릎 위에 아주 가만히 놓여 있었다. 럭튼 유모가 바늘을 집어 들었다, 그리고 계속 킹햄부인의 응접실 커튼을 바느질해나갔다.

* '밀라마치만토폴리스' (백만 인이 걸어 다니는 도시)

버지니아 울프

청색과 녹색
Blue & Green

녹색

뾰족한 유리 손가락들이 아래로 매달려 있다. 빛이 유리를 타고 미끄러져 초록 물웅덩이를 떨어뜨린다. 온 종일 빛이 가득한 열 손가락이 초록을 둥근 땅 위로 떨어뜨린다. 잉꼬새의 깃털, 새들의 째지는 울음소리, 칼날 같은 야자수 잎사귀, 모두 녹색이다. 태양 속에 반짝이는 초록 바늘들. 하지만 딱딱한 유리도 둥근 땅으로 흘려 보낸다. 사막 모래 위로 초록 물웅덩이가 배회한다. 낙타들이 비틀비틀 그곳을 통과하고, 물웅덩이는 둥근 땅 위에 자리를 잡는다. 골풀들이 가로막고, 잡초가 막아도 여기 저기 흰 꽃이 피어난다. 개구리는 폴짝 몸을 뒤집는다. 밤이면 별들이 가만히 내려앉는다. 저녁이 오고, 그림자가 지층에서 녹색을 쓸어버린다. 바다 표면이 주름진다. 아무 배도

다니지 않는다. 텅 빈 하늘 아래 정처 없이 파도만 출렁인다. 밤이다. 바늘들이 청색 방울들을 떨어뜨린다. 녹색은 사라졌다.

청색

넓적한 코의 괴물이 수면 위로 올라온다. 무딘 콧구멍으로 두 줄기 물기둥을 내뿜는다. 가운데는 격렬하게 하얗다. 가장자리에선 청색 구슬 같은 물보라가 인다. 푸른 줄무늬가 괴물의 검은 방수복 같은 등가죽으로 줄지어 떨어진다. 입과 콧구멍으로 물을 뿜어내며 그는 침잠한다. 무거워진 몸은 물 속 깊이 가라앉고, 광택 나는 조약돌 같은 두 눈은 잠기고, 청색이 그를 온통 뒤덮는다. 해변가로 떠밀린 채 그는 누워 있다. 무뚝뚝하게, 우둔한 몸으로, 마른 청색 비늘을 떨구면서. 금속성 청색이 바닷가의 녹슨 쇠를 물들인다. 부서진 나룻배의 늑재가 청색이다. 파도가 푸른 쇠종 아래로 굴러다니고 들락거린다. 그러나 성당의 청색은 다르다. 차갑고, 향내가 짙고, 성모의 베일에 싸여 연푸른 청색이다

불가사의한 미스 V의 케이스
The Mysterious Case of Miss V

이건 진부한 말이다. 군중 속에서 홀로 있는 외로움보다 더 심한 비애가 없다는 말은. 소설가들도 거듭 그렇게 말하지 않았던가? 하지만 이 말이 시사하는 서글픔은 부인하기 어렵다. 이제서야 나도, 미스 V의 사건 이후로 이 말을 믿게 되었다. 그녀와 그녀의 자매 이야기—그러고 보니, 이름 하나로 두 사람을 다 지칭할 수 있다는 게 이상하다— 사실상 사람들은 한마디 말로 그들 자매와 비슷한 자매 여럿을 다 포괄할 수도 있을 테지만.

이런 이야기는 런던에서가 아니면 불가능할 것이다. 시골에서는 푸줏간 주인, 우체부, 목사 부인 같은 사람들이 있어 어떤 사람이 눈에 띄지 않을 때 그걸 알아차리지만, 고도로 문명화된 도시에서는 인간적 존재감이나 시민으로서 대우는 최소한으로 줄어든다. 푸줏간 주인은 고기를 배달해주고, 우체부는 편지를 우편함에다 던져주고, 목사 부인은 교회 소식지를 쑤셔 놓으면서, 모두 이구동성으로 낭비할 시간이 없다고 외치면서 노상 같은 일을 반복할망정 그들은 그래도 사람들의 동정을 살피기는 한다. 만약 배달된 고기가 소비되지 않고, 편지들이 읽히지 않고, 교회 사목의 조언은 듣지 않더라도 결국 어떤 날에 이르게 된다. 마침내 16번지 또는 23번지에는 더 이상 배달하지 않아도 되는구나 하는 암묵적 결론을 내린다. 그래서 그들은 동네를 돌면서 그 집을 건너뛰게 되고, 가련한 미스 J 또는 미스 V 같은 이들은 인간 공동체의 *끈끈한 끈*에서 제외되고, 모든 이들로부터 영원히 간과되는 존재가 된다.

이토록 간과되는 존재로 추락하기 쉽다는 사실은, 우리가 간과되지 않기 위해서는 자기의 존재를 드러내야 할 필요가 있음을 시사한다. 만약에 푸줏간 주인이, 우체부가, 경찰관이 당신을 무시하도록 작정했다면 당신은 어떻게 삶을 살아갈 수 있겠는가? 그것은 끔찍한 운명이 아닌가? 나는 이 순간 갑자기 의자라도 넘어뜨리고 싶은 충동이 생긴다. 그렇게 한다면 적어도 내 아래층에 사는 사람은 어쨌든 내가 살아 있다는 걸 알게 되겠지, 아마도.

자 그러면 미스 V의 사건으로 돌아가자. V 라는 머리글자에는 숨겨져 있는 인물인 미스 자네트 V가 있지만, 글자 하나를 두 부분으로 나눌 필요는 없으리라.

미스 V 자매는 대충 15년 동안이나 런던을 소리 없이 돌아

버지니아 울프

다녔다. 어떤 집의 응접실이나 아트갤러리 같은 곳에서 그들을 만날 수 있었고, 마치 매일 만나는 사람에게 하듯이, '잘 지내고 있나요, 미스 V' 하고 인사를 하면, 그녀는 곧 '날이 참 좋네요' 또는 '날씨가 궂네요' 대답하곤 했다. 그러다가 이쪽에서 먼저 걸음을 옮기면 그녀는 안락의자나 서랍장 속으로 스며들어버린 듯이 더 이상 눈에 띄지 않았다. 여하튼 사람들은 더는 그녀에 대해 생각하지 않다가 일 년이란 시간이 지나간 후에 그 가구에서 분리되어 나왔는지 그녀가 다시 나타났고, 그와 같은 일들이 반복되었다.

이런 그녀와 혈연으로 연결되었기에—미스 V의 혈관 속에 흐르는 것이 피라고 한다면—나는 그녀와 자주 마주치게 되었다. 아니, 그녀를 통과하거나 또는 그녀가 용해되는 것을 목격할 수 있었다고 할까. 아마도 나는 다른 어떤 이들보다도 그녀와 꾸준히 마주쳤다. 그래서인지 몰라도 그 짧은 인사는 거의 습관적인 요식 행위가 되어버렸다.

어떤 파티나 연주회나 전시회에서 낯익지만 눈에 띄지 않는 희미한 그 회색 그림자가 없다면 완벽하게 느껴지지 않을 정도였다. 그런데 얼마 전부터 그녀가 내 시선에 잡히지 않기 시작했다. 나는 뭔가가 빈 것 같은 막연한 느낌이 들었다. 과장을 하지 않겠지만 나는 그녀가 없다는 것을 느꼈다고 말하지는 않겠다. 그러나 무언가가 비어 있다고 느낀 것만은 진실한 표현이다.

그래서 나도 모르게 사람이 잔뜩 모인 북적거리는 방에서 꼭 집어낼 수 없는 불만족으로 주위를 둘러보게 되었다. 아니, 모두들 여기 온 것 같은데? 분명 가구나 커튼이나 뭔가가 잘못 배치되었나, 아니면 벽에 걸린 그림이 없어졌나? 뭔가가 허전하네?

그러다가 어느 이른 아침, 나는 갑작스레 새벽에 잠이 깨어나, 앗, 메리 V. 메리 V!! 하고 크게 외쳤다. 그런 일은 처음이었다. 나는 확신한다, 그 누구도 그녀의 이름을 그토록 확고함을 가지고 확실하게 불러본 적이 없으리라. 일반적으론 그녀의 이름은 마침표처럼 간단하고 생략된 특징 없는 별칭으로 불리웠으니까. 그러나 그때 내 목소리는 그런 식과는 거리가 멀었다. 내 바로 앞에 있는 미스 V를 부르는 것과 같았다. 방은 안개가 낀 듯 모호한 느낌이었다. 하루 종일 나의 외침이 내 머릿속을 떠나지 않고 메아리치고 있었다. 이 길모퉁이에서도 저 길모퉁이에서도 예전처럼 그녀와 마주치고, 그녀가 희미하게 사라지는 것을 보게 될 것이므로 나의 불만은 가라앉을 거라고 확신했다. 그러나 그녀 모습은 나타나지 않았다. 나는 불안했다. 어쨌든, 그날 밤 잠들지 못하고 누워 있는 동안 그녀를 찾아가 봐야겠다는 터무니없는 계획이 떠올랐다. 내가 직접 메리 V를 찾아가겠다는 생각은 처음엔 그저 잠시의 허황된 공상에 불과했지만 점점 진지하고 기대되는 계획이 되었다.

그렇게 생각해보면 볼수록 이는 얼마나 엉뚱하고 기이하고 재밌는 생각인가! 그림자를 추적하여, 그녀가 어디서 사는지를 알아내고, 또 정말로 어떻게 살고 있는지를 묻고. 그녀도 보통 사람들과 마찬가지로 그림자가 아니고 실체가 있는 사람인 것

버지니아 울프

처럼 대화를 나눈다는 생각은.

상상해보라, 키유 정원에 피어 있는 푸른 제비꽃 그림자를 보려고 버스를 타고 가는 것을. 우아, 그때 태양이 서쪽 하늘로 반쯤 떨어지고 있다면! 또는 한 밤중에 영국 남부에 있는 서리 평야의 풀밭에서 민들레 홀씨를 잡기 위해 이리저리 뛰는 모습을. 그러나 내가 실행하려는 계획은 이런 것들보다 훨씬 황당하게 멋진 것이었다. 그래서 옷을 차려입으면서 나는 이 황당하고 멋진 계획을 실행하기 위해서 상당한 준비가 필요하다는 사실을 생각하며 웃고 또 웃었다. 메리 V를 만나기 위해서 장화를 신고 모자를 써야 하다니! 그것은 지극히 어울리지 않는 일이었다.

마침내 나는 그녀가 사는 다세대 주택에 도착했다. 주택안내 게시판을 보니 대부분 우리네 주택들도 그러하듯이 약간 모호하게 적혀 있음을 발견했다. 그러니까 그녀는 안에 있는 것 같기도 하고 외출한 것 같기도 하게 표시되어 있었다. 그래서 나는 그 집의 맨 꼭대기 층에 있는 그녀의 거주지까지 올라가 문을 노크하고 초인종도 눌렀다. 그리고 기다리면서 그 집을 꼼꼼히 살펴보았다. 아무도 문을 열지 않았다. 그래서 그림자도 죽을 수 있는 걸까, 어떻게 그림자들을 묻을 수 있담? 하고 생각하고 있었다. 그때 하녀가 문을 살며시 열었다. 그녀가 말했다. 메리 V는 두 달간 아팠고, 어제 아침에 죽었다고. 내가 그녀의 이름을 부르던 바로 그 시각에……. 그러니까 나는 그녀의 그림자를 다시는 만날 수 없게 된 것이다.

평설 | 불가사의한 미스 V의 케이스

"그림자도 죽을 수 있는 걸까 어떻게 그림자들을
묻을 수 있담?"

그녀는 막연한 기호 같은, 익숙한 사물 같은 사람이었다
만나긴 하지만 그 만남이 그저 시선의 습관처럼 굳어져서
있어야 할 곳에 없을 때 잠시 허전할 뿐인 사람
그런 그녀가 언제부턴가 나타나지 않았다
늘 있던 가구가 사라진 것처럼 왠지 불안스러워진 마음에
미스V를 찾아갔다 마치 그림자의 집을 찾아가듯
그러나 미스V는 죽어 있었다
그녀는 이미 두 달이나 앓고 있었던 것이다

'불가사의한' 것은
화자가 불현듯 미스V를 떠올리며
처음으로 그녀 이름을 부른 시간과 그녀 죽음의 시간이
겹쳐졌던 신비

버지니아 울프

더욱 '불가사의한' 것은

죽음으로 인해 이젠 미스V가 누구인지 알 수 없게 된

그림자가 영원히 '불가사의한' 존재가 되어버린 그것

이제는 더욱 당연하게 여겨지는 현대의 그림자 만남들이

많은 이들을 불가사의한 존재로 만들며

동시에 우리 자신도 누군가에게

불가사의한 사람이 되어버리는 역설을 본다

메리V가 그 **그림자의 이름**이었다

단단한 물체
Solid Objects

반원 형태의 해변에서 유일하게 움직이고 있는 것은 까만 점이었다. 좌초된 어선의 늑재와 뼈대 쪽으로 가까이 다가갈수록 까만 점은 가느다래지면서 명확해졌다. 이 점이 네 개의 다리를 가지고 있다는 게 드러났다. 그리고 순간순간 더 분명해졌는데 까만 점은 두 젊은이 모습이었다. 해변가 모래사장을 배경으로 윤곽만 보였지만 그들에게서는 틀림없이 활기가 넘쳐났다. 그들의 몸이 서로에게 다가갔다 물러섰다 하는 모습에서 비록 약하긴 하나 뭐라 표현할 수 없는 활력이 넘쳐났고, 미루어보아 어떤 격렬한 논쟁이 작고 둥근 머리에 있는 입들에서 쏟아져 나오는 것임이 확실했다. 어느 정도 시야에 가까이 오자 오른쪽 사람이 계속 지팡이를 내밀어 찔러대는 모습이 그것을 입증해주었다.

'자네가 말하고 싶은 건…. 그러니까 자네는 진실로 그렇게 믿는다는 거지…?' 파도가 밀려오는 쪽에서 오른편에 선 지팡이를 든 사람이 모래 위에 길고 똑바른 사선을 그어대면서 그렇게 주장하는 것 같았다.

'망할 놈의 정치!'

분명히 왼편에 있는 사람에게서 나온 말이었다. 이런 말들이 흘러나오는 동안, 말하고 있는 두 사람의 입과 코, 턱, 작은 콧수염, 트위트 모자, 부츠, 코트, 체크무늬 양말 등이 점점 더 분명하게 보였다. 그들의 파이프에서 뿜어 나오는 연기가 공중으로 올라갔다. 수 마일의 바다와 모래 둔덕이 펼쳐진 이곳에 이 두 사람의 신체보다 더 확실하고 더 활기 있고, 더 단단하고, 붉고, 털북숭이에 씩씩한 모습은 없었다.

그들은 거무스레한 정어리 잡이 어선의 여섯 개의 늑재와 뼈대 옆에 널브러져 앉아 있었다. 그 모습에서 그들 육체가 어떻게 논쟁에서 격앙되고 열띤 분위기에서 벗어나는지 알아챌 수 있다. 털썩 주저앉아 느슨함을 푸는 것은 무언가 새로운 어떤 것을 시작할 여지를 마련해준다. 손 가까이 있는 것이 무엇이건 상관없이. 그래서 찰스는 반 마일 이상 해변을 가르며 왔던 자신의 지팡이로 물 위에 떠 있는 판판한 석판 조각을 걷어내기 시작했다. 반면 '망할 놈의 정치!' 라고 소리쳤던 존은 손가락으로 모래를 깊게 깊게 파기 시작했다. 그의 손이 점점 깊숙이 들어가자 그는 소매 자락을 조금 위로 걸어 올렸다. 그리고는 그의 눈은 조금 전의 강렬함을 잃어버리고, 아니 그렇다기보다는 어른으로서 불가해한 깊이를 갖게 하는 사고와 경험의 배경이 사라지고, 맑고 투명한 눈빛만 남았다. 어린아이들의 눈길이 그렇듯 경이로움 말고는 아무것도 드러나지 않는 상태. 그는 기억이 났다. 모래 구멍을 파는 것은 분명 그런 것들과 관련이 있음이. 조금 더 구멍을 파내려 가면 손가락 끝에 물이 느껴질 것이고, 그러고 나면 해자가 되고, 그 다음은 우물이 되고, 샘이 되고, 바다로 가는 비밀 통로가 된다는 것을.

존은 물속에서 여전히 손가락을 움직이면서, 어떤 것을 만들지 고민하는 동안, 손가락이 단단한 물건을 감아쥐었다. 꽉 쥐어지는 단단한 것이었다. 제법 크고 울퉁불퉁한 덩어리를 서서히 끄집어냈다. 겉에 묻은 모래를 닦아내자 녹색 빛이 드러났다. 그것은 유리 조각이었다.

유리 조각은 너무 두꺼워 거의 불투명하게 보였다. 바다의 어루만짐이 모양이나 모서리를 완전히 마모시켜 원래 그것이 병이었는지, 큰 잔이었는지 아니면 창문이었는지 알아낼 수가 없었다. 그것은 유리라고 부를 수밖에 없었지만 거의 보석에 가까웠다. 금테두리로 둘러싸거나, 구멍을 뚫어 줄에 달면 그대로 보석이었다. 목걸이의 일부나 손가락 위에서 둔중한 초록빛을 발할지도 모를 일이었다. 어쩌면 정말 보석인지도 몰랐다. 바다를 가로질러 노를 젓는 노예들의 노랫소리를 들으며 뱃전에 앉아 있던 검은 공주가 바닷물에 손가락을 넣고 파도를 만졌을 때 꼈을지도 모를 일이었다. 아니면 바다에 가라앉은 엘리자베스 시대의 오크 보물 상자 옆 조각이 떨어져나가

버지니아 울프

구르고 구르다가 또다시 굴러 마침내 해변에 닿은 에메랄드일지도 모를 일이었다. 존은 그것을 손 안에서 돌려보았다. 또 그것을 빛이 있는 쪽으로 들어 올렸다. 그러고는 그 울퉁불퉁한 덩어리가 그의 친구 몸과 뻗은 오른팔에 그림자를 드리우게 했다. 하늘에 대면 초록빛이 엷어졌다가 친구의 몸에 대면 그 색이 짙어졌다. 그 행위는 즐겁기도 하고, 당혹스럽기도 했다. 희미한 바다나 안개 낀 해변에 비하면, 그것은 너무 단단하고, 너무 응축되고, 너무도 분명한 물체였다.

한숨 소리가 그를 방해했다. 깊고 심각한 그 소리는 친구 찰스가 주변에 있는 판판한 돌을 다 던졌거나 아니면 이제 돌을 던지는 것이 부질없는 일이라는 결론을 알려주는 소리였다. 그들은 나란히 앉아 샌드위치를 먹었다. 다 먹고 자리에서 일어난 후에도 존은 유리 덩어리를 들고 말없이 들여다보았다. 찰스도 그것을 들여다보았다. 그러나 그는 금세 그것이 판판하지 않다는 것을 알고는 파이프에 담배를 채우고는, 바보 같은 생각을 잊어버리자고 생기 있게 말했다.

"내가 아까 말하려고 하는 이야기로 돌아가자면……."

하지만 그는 보지 못했다. 아니 보았다 하더라도 존이 잠시 그 유리 조각을 쳐다본 후에 마치 머뭇거리듯 그것을 호주머니에 집어넣는 것을 전혀 눈치 채지 못했을 것이다. 그 충동은, 어린아이가 길에서 주운 널려져 있는 숱한 조약돌들 중에 하나를 고르는 것과 같은 충동이었다. 그것을 아기 방에 있는 벽난로 선반 위에다 올려놓고 안전하고 따뜻한 삶을 약속하며, 자신의 행동이 조약돌에 부여하는 능력과 선의에 즐거워하는, 그 조약돌의 마음이 수백만 개 돌중에서 자신에게 선택되어 길가에 춥고 축축한 삶 대신에 이런 축복을 누리는 것이 기뻐 날뛸 거라고 믿는 그런 어린아이와 같은 충동일지도 몰랐다. '수백만 조약돌 중에 쉽게 다른 돌이 선택될 수도 있었는데, 그런데 내가 바로, 내가, 내가!'

이런 생각이 존의 마음속에 있었는지 없었는지 모르겠으나 유리 조각은 벽난로 선반 위에 자리를 잡고, 청구서나 편지 등의 작은 더미를 누르는 훌륭한 문진 역할을 할 뿐만 아니라 그 젊은이가 책에서 눈을 뗄 때면 눈길이 자연스럽게 머무는 곳이 되었다. 무언가 다른 생각을 하며 반은 의식적으로 어떤 물건을 보고 또 보노라면, 그 물건은 생각의 어떤 것과 심오하게 뒤엉킨 다른 물건이 되어 원래의 형체를 잃고 전혀 예기치 않은 순간에 우리 머릿속을 맴돌던 이상적인 형태로 재구성되는 법이다. 그리하여 존은 산보를 나갈 때면 그 유리 덩어리를 떠올리게 하는 다른 어떤 것을 발견할 수 있을까 하고 골동품상 진열창에 끌리는 자신을 발견했다. 어떤 종류이던지 다소 둥글고 그 외피에 사라지는 불길이 깊게 가라앉아 있는 물건이라면 무엇이든 ―도자기나 유리, 호박, 바위 조각, 대리석― 심지어 매끈한 타원형의 선사시대 조류의 알까지도 마다하지 않았다. 또 그는 걸을 때에도 땅바닥에서 눈을 떼지 못했다. 특히 가정용 쓰레기를 내다버리는 이웃 공터를 유심히 눈으로 훑었다. 그곳에는 가끔 그런 물건들이 있었다. 쓰레기로 내다버린, 아

버지니아 울프

무에게도 필요 없는, 형체가 부서지고, 버려진 것들이. 그는 몇 달 안에 넷이나 다섯 개의 별난 물건들을 수집했고, 그것들을 벽난로 위 선반에 올려놓았다. 그것들은 이제 막 국회의원으로 입후보해 전도유망한 경력을 거머쥘 찰나에 있는 그가 서류들을 정리해 눌러놓는 데에 유용하게 쓰였다 ─ 선거인단들의 주소, 정책 선언서류, 기부금 청구서용지, 만찬 초대장 등등.

어느 날, 선거구민들에게 연설을 하기 위해 기차를 타려고 템플 시에 있는 집을 떠나려는 순간, 존의 시선은 문득, 어떤 놀라운 물체에 가 닿았다. 그것은 거대한 법원 건물의 가장자리 잔디 화단에 반쯤 가려져 있었다. 그는 철제 난간 사이로 지팡이 끝을 밀어 넣어서야 겨우 그 물건에 닿았다. 그것은 아주 놀라운 형태의 도자기 조각으로 거의 불가사리 모양과 흡사했다. 불규칙적이긴 했으나 틀림없이 다섯 개의 뾰족한 끝이 있는 형태로, 아니면 우연히 그런 모양으로 깨진 물건이었다. 색깔은 전체적으로 푸른색이었고 초록의 사선이나 점 같은 것이 그 푸른색 위에 덮여 있었고 진홍색의 선들이 몹시 매력적인 풍요로움과 광채를 더해주었다. 존은 그것을 갖기로 마음먹었다. 그러나 지팡이를 밀어 넣을수록 점점 그 물건은 더 뒤로 밀려났다. 결국 그는 다시 집으로 돌아가 지팡이 끝에다 철사로 둥근 고리를 만들어 붙였다. 그리고 그것을 가지고 대단한 조심성과 기술을 동원한 끝에 마침내 도자기 조각을 손이 닿는 곳까지 끌어냈다. 그것을 손에 잡는 순간 그는 승리의 환호성을 질렀다.

바로 그때, 시계종이 울렸다. 이제 그가 약속을 지키는 건 문제 밖이었다. 모임은 그가 없는 채로 진행되었다. 도대체 이 도자기 조각은 어떻게 이리 놀라운 형태로 깨질 수 있단 말인가? 자세히 살펴볼수록 그 별 모양은 우연의 소산임에 틀림없기에 신기함이 증폭되었고, 같은 모양의 또 다른 것이 있을 거라고는 생각을 해볼 수가 없었다. 해변 모래에서 파낸 유리 조각이 있는 선반의 반대편 끝에다 그것을 올려놓자 마치 다른 세상의 물건 같았다. 화려한 어릿광대처럼 기괴하고도 환상적이었다. 그것은 마치 공간에서 한 발로 돌며 깜박거리는 별처럼 빛을 발하는 것 같았다. 그렇게 생기 있고 정신 번쩍 나는 도자기와, 그렇게 말없이 생각에 잠긴 유리의 대비에 매료된 그는, 같은 방 안에 같은 좁다란 대리석에 놓여지는 것은 고사하고라도 어떻게 이 두 물건이 같은 세상에 존재할 수 있단 말인가 하는 놀라움과 의아함에 찬 질문을 스스로에게 던졌다. 그 질문은 답을 얻지 못한 채 남아 있었지만.

이제 그는 깨진 도자기 조각이 흔히 널려 있는 곳을 찾아, 철로 사이에 버려진 땅이나 가옥이 철거된 곳이나, 런던 근교의 공유지 같은 장소를 헤매고 다녔다. 그러나 도자기가 아주 높은 곳에서 던져지는 예는 드물었다. 그런 일은 사람들이 가장 드물게 하는 행동 중의 하나일 터. 사실 아주 높은 집에 살면서, 누가 밑에 있는지 생각하지 않고 창문에서 곧바로 물병이나 항아리를 집어던지는 무모하고 충동적인 여자가 어디 있겠는가? 깨진 도자기는 도처에 많았다. 그러나 아무 특징이나 목적 없이 사소한 가정사로 깨진 것뿐이었다. 그럼에도 그는 자주 놀라운 일을 겪었다. 그가 이 문제에 깊이 파고 들어가면 갈수록, 런던에서도 놀랍도록 다양한 모양으로 깨진 도자기들을 무수히 찾아낼 수 있었고, 더 큰 놀라움과 추측을 불러일으키는 원인은 질과 디자인에 있어 여러 가지로 차이가 난다는 사실이었다. 그가 집으로 들고와서 벽난로 선반 위에 올려놓을 수 있는 그 훌륭한 견본들의 역할은, 이제 놀려놓을 필요가 있는 서류들이 점점 줄어들고 있었기 때문에 자연스럽게 줄어들었고 점차 장식적 성격을 가지게 되었다.

존은 자신의 업무를 소홀히 했다, 아마도 아무 생각 없이 무성의하게 일을 했거나, 그것도 아니면 선거구민들이 그를 방문했을 때 벽난로 위의 풍경에서 불쾌한 인상을 받았을지도 모를 일이었다. 어쨌든 그는 의회에서 대표로 선출되지 못했다. 그의 친구 찰스는 그 사실이 몹시 마음이 쓰여 급히 그를 위로하러 달려왔다. 그러나 재앙에 별로 기가 죽지 않는 친구의 모습을 보고는 그가 일어난 일의 심각성을 얼른 실감하기는 어렵겠다고 여길 수밖에 없었다.

사실, 그날 존은 런던 교외 반즈컴몬에 갔다가, 가시덤불 밑에서 아주 신기한 쇳조각을 하나 찾아냈다. 육중하고 둥근 모양이 유리와 거의 흡사했으나 차갑고 무거웠고, 시커먼 데다 금속질료로 되어 분명히 지상의 것이 아니라 사라진 어느 별에서 유래했거나, 달에서 떨어진 부스러기 그 자체일 수 있었다. 그 물건의 무게 때문에 그의 주머니가 아래로 처졌다. 그 무게는 벽난로 선반도 쳐지게 했다. 그것은 차가운 빛을 발했다. 그럼에도 운석은 유리 덩어리와 별 모양 도자기 조각과 함께 같은 선반에 놓이게 되었다.

그의 눈길이 이 물건에서 저 물건으로 스쳐가노라면, 존은 이것들을 능가하는 또 다른 물건들을 손에 넣겠다는 의지로 인해 몹시 고통을 받았다. 그는 점점 더 결연하게 그런 물건을 찾는데 헌신했다. 만일 그가 그런 열망에 불타지 않았더라면, 그리고 언젠가는 새로 찾아낸 쓰레기 더미가 그에게 보상을 해줄 거라는 확신이 없었다면, 고단함과 조롱은 고사하더라도 그가 겪은 실망이 이런 추구를 포기하게 했을지도 모를 일이었다. 그는 고리가 달린 긴 지팡이와 가방을 들고 흙이 쌓인 곳이라면 어디든지 샅샅이 뒤지고 다녔고, 마구 엉킨 잡목 숲 아래까지 긁어내면서, 이런 종류의 물건들이 버려져 있을 거라고 예상되는 모든 골목길과 담장 사이의 빈 터를 찾아다녔다. 그의 기준이 점점 높아지고 취향이 점점 엄격해질수록 무수히 실망도 했으나, 항상 신기한 낌새가 느껴지거나 기이하게 깨진 도자기나 유리가 어딘가에 있을 거라는 희망의 빛이 그를 부추겼다. 하루하루가 이렇게 지나갔다. 그는 이제 더 이상 젊지 않았다. 그의 이력, 정치가로서의 이력은 과거의 것이 되고 말았다. 사람들은 더 이상 그를 찾아오지 않았다. 그는 이제 너무 과묵해져 저녁식사에 초대할 가치도 없어졌다. 그는 자신의 진지한 열정에 대해 누구에게도 발설하지 않았다. 사람들이 그를 이해하지 못한다는 것이 그를 대하는 태도에서 드러났다.

그는 의자에 기대어 앉아 친구 찰스가 벽난로 선반 위에 있는 돌들을 열두 번도 더 들었다 놓았다 하는 것을 바라보고 있었다. 찰스는 그것들의 존재에 대해서는 일말의 관심도 없이 정부의 행정 처리에 관해 열변을 토하고 있었다.

"도대체 어떻게 된 거야. 존?"

찰스가 갑자기 돌아서 그를 똑바로 보며 물었다.

"한 순간에 자네를 포기하게 만든 게 뭔가?"

"난 포기하지 않았네." 존이 대답했다.

"하지만 자넨 이제 기회가 없는 처지가 아닌가?" 찰스가 거칠게 말했다.

"그건 동의할 수 없네."

존은 확신을 가지고 말했다. 찰스는 그를 바라보면서 극도로 마음이 불편했다. 커다란 의구심이 그를 사로잡았다. 찰스는 둘이 서로 다른 것에 대해서 이야기하고 있다는 기이한 느낌을 받았다. 그래서 이 끔찍한 우울함에서 벗어나고자 휘익, 주변을 둘러보았으나 방의 어수선한 모습은 찰스의 마음을 더욱 더 어둡게 할 뿐이었다. 대체 저 지팡이는 뭐고, 또 벽에 걸려 있는 저 낡은 손가방은 또 뭐지? 아니 저기 놓인 돌들은? 새삼 그는 자신의 친구를 쳐다보았다. 그리고는 존의 얼굴에 나타난 뭔가 확고하고 꿈꾸는 듯한 표정을 보고 흠칫 놀랐다. 그는 순간 깨달았다. 이제 존이 단상에 모습을 드러내는 것은 불가능하겠다는 사실을.

"예쁜 돌이군."

찰스는 최선을 다해 기분 좋게 말했다. 꼭 지켜야할 약속이 있다는 말을 남기고 그는 존을 떠났다. 영원히.

버지니아 울프

어쩌면 진짜 보석이어서 노 젓는 노예들의 노랫소리를
들으며 물길에 손을 넣던 검은 공주의 것인지도 몰라
어쩌면 지금은 사라진 별의 물건 달의 부스러기인지도……
라고 존은 상상한다 확신한다

다른 사람들에겐 쓰레기인 물체들이 존의 상상 속에서
의미를 바꿨고
존은 그런 물체들을 찾는데 온 시간을 바쳤다
처음엔 그의 선반을, 나중엔 그의 방을, 결국엔 그의 삶을
가득 채운 물체들
그것들은 존의 삶에서 가장 중요한 것이 되었고
당연히 그 욕망은 커져만 갔다
그의 일과 일상도 의미를 잃었고
이제 더 이상 공유할 것이 없어져버린 사람들은
그의 곁을 떠났다
존의 영혼을 지배하며 물체들이 그의 주인이 되었다

삶은 바다처럼 끊임없이 움직이는 것

저항과 수용의 부딪침들 가운데서 매순간

변형되고 새로워지는

가장 유동적인 생명력의 장

그러나 단단한 물체가 삶의 자리를 차지하면서

존의 삶이 단단한 물체가 되어갔다

그 물체가 물건에 국한된 것이 아님을 생각해 본다

삶의 장식품들, 그것들의 이름은 무엇인가

물체들에 수집당한 어떤 초상화

버지니아 울프

세 개의 그림
Three Pictures

첫 번째 그림

불가능한 일이다. 우리는 서로를 그림으로 보지 않고 살아갈 수 없다. 만일 내 아버지가 대장장이고 당신의 아버지는 높은 지위 귀족이라면 우리는 서로에 대해 그림이 될 수밖에 없다. 흔한 예사말로 그림의 틀 밖으로 벗어나는 건 가능하지 않다. 내가 말굽을 들고 대장간 문에 기대어 있는 모습을 보면 당신은 '아, 한 폭의 그림 같구나! 라고 생각하면서 내 앞을 지나가리라. 나 또한 자동차 속에 아주 편안하게 군중들에게 목례하려는 듯 여유롭게 앉아 있는 당신을 보면, '아, 호화로운 옛 귀족 영국 그림이구나! 생각하리라. 물론 우리 두 사람의 판단은 그릇된 것이지만. 그러나 이건 피할 수 없는 일이다.

자 이제 나는 길모퉁이에서 그런 그림들 중에 하나를 본다.

아마 '선원의 귀향'이라고 불릴 수 있을 것이다, 또는 그와 비슷한 제목으로. 아주 잘생긴 젊은 뱃사람이 짐 꾸러미를 메고 있고, 한 젊은 아가씨가 그에게 팔짱을 끼고 있고, 그들 주변에는 이웃이 둥글게 모여 있다. 시골집의 정원은 꽃들로 불타오르고. 그 앞을 지나면서 우리는 최소한 기본적으로 젊은 선원이 중국에서 막 돌아왔다는 내용으로 읽는다. 응접실에는 푸짐한 잔치 음식이 준비되어 있으며, 선원의 짐 꾸러미 안에는 젊은 아내에게 줄 선물이 담겨 있으며, 그녀는 곧 첫아기를 잉태하게 되리라. 그 그림 속에는 모든 것이 다 잘되고 당연히 그래야 할 것처럼 다 좋아 보인다. 이 행복의 정경에는 뭔가 건강하고 만족스런 느낌이 가득하고, 인생은 보다 감미롭고 부러운 것이 된 듯하다.

나는 그런 생각을 하며 두 사람을 지나쳤다. 가능한 한, 그림을 풍부하고 완벽하게 채우면서. 그녀의 옷 색깔과 선원의 눈 색깔을 눈여겨보면서. 연한 갈색 고양이가 집 대문을 살금살금 돌아가는 모습을 슬쩍 흘겨보면서.

얼마 동안 그 그림이 눈앞에 어른거렸다. 그림은 평소보다 더 밝고 더 따뜻하고 더 단순해 보였다. 잘못된 것도 있고, 제대로 된 것도 있었지만, 한결같이 전보다 더 많은 의미를 품고 있는 것 같았다. 그 그림은 그날은 물론이고 그 다음 날에도 불쑥 되살아났다. 그래서 시샘이 나면서도 흐뭇한 마음으로 행복한 선원과 아내는 지금 무얼 하고 있을까, 무슨 말들을 나누고 있을까 생각해본다. 첫 그림은 또 다른 그림을 끌어와 나는 더 많

버지니아 울프

은 상상을 하게 된다.

젊은 선원이 장작을 패고 물을 길어오고, 두 사람은 중국에 대해서 이야기를 나누고, 아내는 집에 들어서면 누구나 곧 볼 수 있도록 남편의 선물을 벽난로 위에 놓아두고, 아기 옷 뜨개질을 하고, 문과 창문들이 정원으로 활짝 열려 있어 새들이 훨훨 날아들고 벌들이 윙윙대고 있겠지? 그리고 로저스는 (젊은 선원의 이름임) 먼 중국 바다로부터 돌아와서 표현할 수 없을 만큼 가슴 벅차게 행복해하겠지? 자기 집 정원에 서서 파이프를 피우면서.

두 번째 그림

한 밤중에 큰 비명 소리가 마을에 울려 퍼졌다. 그리고는 뒤이어 뭔가 어수선한 소리가 나더니 쥐 죽은 듯이 잠잠해졌다. 창밖으로 보이는 것은 아무 움직임 없이 무겁게 매달려 있는 길 건너 라일락 나뭇가지뿐이었다. 무덥고 고요한 밤이었다. 달도 없다. 그 비명 소리로 인해 모든 것이 불길해 보였다. 누가 비명을 지른 걸까? 왜 질렀을까? 여자 목소리였다. 하지만 너무나 격렬한 감정 상태였기에 거의 성별을 느낄 수 없었고, 무엇을 표현하는지 알 수 없는 그런 소리였다. 마치 인간의 본성이 어떤 사악함에 대항하여, 또는 형용할 수 없는 공포에 대항하여 외치는 소리 같았다. 그런 후 짙은 정적이 나돌았다. 별빛은 변함없이 그대로 흐르고 있고, 들판은 조용히 누워 있었다.

나무들도 아무 움직임이 없었다. 하지만 죄를 지은 듯, 죄를 깨달은 듯, 모든 것이 불길했다. 무슨 일이라도 일어나야 할 것 같은 느낌이 들었다. 무슨 불빛이라도 던져주거나 등불을 비추어주어야 할 것 같았다. 누군가 길 아래로 마구 뛰어가야 할 것 같았다. 집집마다 창문들에도 불이 켜져야 할 것 같았다. 그러고는 성별도 알 수 없고 어떤 표현인지도 느낄 수 없었던 첫 비명보다는 더 가라앉은, 뭔가 위로와 달램을 받은 그런 외침이 들려와야 할 것 같았다. 그러나 불빛은 보이지 않았다. 발걸음 소리도 들리지 않았다. 두 번째 비명 소리도 없었다. 첫 번째 비명이 모든 것을 삼켜버린 듯이, 정적만이 무겁게 흘렀다.

어둠 속에 누워 신경을 곤두세우고 가만히 귀를 기울였다. 그 비명은 그저 목소리일 뿐이었기에 무엇과 어떻게 연결시켜 볼 도리가 없었다. 그래서 그 비명을 설명해주거나, 그 의미를 이해시켜줄 어떤 종류의 그림도 떠오르지 않았다. 하지만 마침내 어둠이 걷힐 때, 거의 형체도 없는 모호한 한 인간이 어떤 압도적이고 사악한 힘에 대항하여 거대한 팔을 헛되이 들어 올리는 모습이 보였다.

세 번째 그림

좋은 날씨가 계속 이어졌다. 한 밤중의 그 외마디 비명 소리만 아니었다면, 세상이 마치 항구로 편안히 들어선 듯한 느낌이었을 것이다. 바람 앞에서 삶이 운항을 멈추고, 어떤 조용한 만에 이르러 고요한 수면 위에서 닻을 내리는 듯한 느낌이었을 것이다. 하지만 그 소리는 계속 남아 있었다. 어디를 가든, 언덕 위로 올라가 산책한 후에도 무언가가 표면 밑에서 불안스럽게 뒤척이며 주위의 평화로움이나 안정감을 비현실적으로 만드는 것 같았다. 언덕 기슭에는 양 떼들이 무리지어 있고, 계곡에는 잔잔한 물줄기가 점점 가늘어지면서 구불구불 흐르고 있었다. 외딴 농가가 나타났다. 마당에서는 강아지가 뒹굴고 있고, 나비들이 금잔화 덤불 위에서 팔랑대고 있었다. 모든 것이 고요했다. 안전하기 그지없어 보였다. 그러나 그 외마디 비명 소리가 모든 것을 조각내버렸다는 생각을 좀처럼 지울 수 없었다. 이 모든 아름다움이 그날 밤의 공모자인 듯이 느껴졌다. 고요함을 계속 유지하기로 동의한 것처럼. 하지만 이 모든 아름다움은 어느 순간 다시 침몰할 수 있으리라. 그러므로 이런 아름다움이나 이런 안전함은 그저 표면에 거하는지도.

나는 우울한 기분에서 벗어나 기운을 추스르기 위하여, 젊은 선원의 귀향 그림으로 되돌아갔다. 전에는 미처 꺼내보지 못한 여러 가지 세부를 그려보았다. 예컨대 그녀의 푸른 옷 색깔, 노란 꽃이 만발한 나무가 드리운 그림자 등, 아직 그려본 적이 없는 것들을 곁들이며 그 그림을 다시 생각했다.

그리하여 그들은 시골집 대문 옆에 서 있었고, 젊은이는 등에 짐 꾸러미를 둘러메고 아가씨는 그의 옷소매에 가볍게 손을 얹은 채로. 그리고 연한 갈색 고양이가 집 대문을 살금살금 돌아가고. 이렇게 그림을 세세하게 다시 떠올려보니, 표면 아래

놓여 있는 것이 어떤 불길하고 사악한 것이라기보다는 고요함, 만족감, 행복감이라는 확신이 점점 강해져갔다. 한가롭게 풀을 뜯는 양 떼들, 계곡의 물줄기, 외딴 농장, 강아지, 춤추는 나비, 이 모든 것들이 처음부터 줄곧 존재하고 있었다. 그래서 나는 젊은 선원과 그의 아내를 생각하고 그들에 대한 그림을 계속 하나하나 만들어가며 집으로 돌아왔다. 행복과 만족을 담은 그림들이 그 사악한 비명과 불안감을 덮어버리길 바라면서. 그리고 마침내 그 끔찍한 비명소리를 짓뭉개 침묵 속으로 사라지도록 하면서.

이윽고 마을에 이르렀다. 반드시 거쳐 가야 하는 교회 묘지가 나타났다. 평소에 교회 묘지에 들어설 때면 그림자를 드리운 주목들, 닳고 닳은 비석들, 이름 없는 무덤들, 이런 것들로 그곳의 평화로움을 생각하곤 했다. 여기서는 죽음조차 즐거운 것으로 느껴졌다. 정말이지, 저 그림을 보라! 한 남자가 무덤을 파고 있고 아이들은 그가 일하는 동안 피크닉을 즐기고 있지 않은가. 한 삽, 두 삽, 누런 흙이 퍼 올려지는 동안 아이들은 다리를 쭉 펴고 편히 앉아 잼 바른 빵을 먹으며 큰 잔으로 우유를 마시고 있다. 무덤 파는 남자의 통통하고 예쁜 아내가 비석에 몸을 기대고 앉아 무덤 옆 풀밭 위에 식탁보 대신 앞치마를 펼쳐 놓았다. 파헤친 흙덩어리가 음식들 있는 곳 여기저기에 떨어져 있었다.

"누가 묻힐 건가요?" 내가 물었다. "도드슨 노인이 드디어 돌아가셨나요?"

"오, 아녜요, 로저스가 묻힐 거예요. 그 젊은 선원 말이에요."

무덤 파는 남자의 아내가 나를 빤히 쳐다보며 대답했다.

"이틀 전에 무슨 이상한 열병으로 죽었답니다. 그 사람 부인의 비명소리 못 들었어요? 길에 달려 나와 통곡을 했는데…….
애, 토미야, 넌 그게 뭐냐, 온통 흙투성이가 됐잖니!"

아, 이게 무슨 불행한 그림이란 말인가!

평설 | 세 개의 그림

여기 세 개의 그림이 있다

겉으로 아무 연관성이 없어 보이는 각기 아주 다른 그림

세 개

그러나 버지니아 울프는 마법의 손가락을 흔들 듯

보이지 않는 줄로 그림들을 연결시킨다

그 연결만으로 분절되어 있던 수수께끼는 풀리고

평화롭고 아름답던 그림들이 갑자기 비극이 된다

삶의 표면이 얼마나 깨지기 쉬운 것으로 이루어져 있는지

행복한 정경들이 어떤 공포와 슬픔을 지층의 배경으로 삼고 있는지

우리는 알 수 없다

서로에게 그림이 되고 있는

피상적인 시선의 한계는 오류의 상상으로 그림을 해석하지만

그 그림이 모순과 역설로 이루어진

퍼즐 속 한 조각일 뿐이고

예측할 수 없는 수많은 파편들과

버지니아 울프

불가항력적으로 연결되어 있어

아무도 그 흐름에서 벗어날 수 없다면

무덤 옆에서 죽음을 모른 채 빵을 먹는 어린아이처럼

우리는 그저 내가 그려진 **단 한 개의 그림**만을

바라보고 있을 뿐이다.

로드 던세이니

불행교환상점
밀물과 썰물이 지나는 자리
들판

로드 던세이니 1878-1957

아일랜드 귀족으로 남작 지위를 가졌지만 평생에 걸친 정열은 글쓰기였다. 그의 작품들은 환상성과 신화성을 가지고 있으며 현대에 만발한 환상문학 장르에 막강한 영향력을 주었다. 때때로 그의 작품들은 예언적이기도 하고 슬프고 신비로운 이미지를 투사하고 있는데, 켈트 문학의 본질에 뿌리를 깊게 박고 있어 미술적이고 유희적이다. 문장들은 시적인 언어로 쓰여져 있지만 냉혹한 도시문명에 대한 현실 비판이 스며져 있다. 그는 인간의 상상력이 가진 잠재력을 희망으로 보았다.

불행 교환 상점

The Bureau d'Exchange de Maux

가끔 나는 '불행 교환 상점'과 그곳에 있던 경이로울 만큼 기분 나쁜 노인을 떠올린다. 상점은 파리의 조그마한 거리에 있었다. 출입구를 이루는 세 개의 나무 들보 중 가장 위에는 그리스 문자 파이가 그려져 있고, 온통 초록색으로 칠해졌고 이웃 건물보다 낮고 좁은 기이한 모습이라서 사람들의 공상을 자아냈다. 출입구의 낡은 갈색 들보에는 빛바랜 노란색 글자로 '만국 불행 교환 상점'이라고 쓰여 있었다.

나는 호기심에 이끌려 곧장 안으로 들어갔다. 카운터 옆 의자에 나른하게 앉아 있는 노인에게 다가가 상점의 유래와 어떤 불길한 상품을 교환하는지 등등을 물었다. 그때 그러지 않았더라면 나는 곧바로 상점을 나와 버렸을 것이다. 왜냐하면 뚱뚱한 노인의 모습이 너무도 사악하게 보였기 때문이었다. 늘어진

볼과 음험한 눈길은 그가 지옥과 거래를 하여 이익을 얻고 있음을 보여주는 듯 했다.

겉으로만 보면 그의 사악한 눈은 조용하고 심드렁해 보였다. 만약 당신이 그 눈을 보았다면 그저 마약에 취했거나, 벽에 붙어 있는 도마뱀처럼 꼼짝하지 않는, 생기를 잃은 눈일 뿐이라고 말했을 것이다. 하지만 그가 갑자기 눈길을 돌릴 때면, 잠시 전만 해도 졸고 있는 심술궂은 노인네로 보였던 그의 눈은 온갖 교활함으로 이글거렸다.

'만국 불행 교환 상점'에서의 기이한 거래는 다음과 같이 진행되었다. 손님은 먼저 20프랑을 내야 한다. 노인은 즉시 20프랑을 받아 챙긴다. 그 상점의 입장료인 것이다. 그런 후에야 손님은 자신의 불행이나 불운이나 재앙을 다른 사람의 그것과 교환할 권리를 얻는다.

네 다섯 명의 손님들이 상점 안쪽에 있는 천장이 낮고 어둠침침한 방에 있었고 그들 중에 두 남자가 서로 몸짓을 하며 낮게 중얼거리면서 거래를 하고 있었다. 보고 있자니 분별력을 잃은 듯한 한 남자가 행복하지만 바보 같은 표정을 만면에 띠고 도망치듯 상점을 떠났고, 또 다른 남자는 곤혹스러운 표정으로 무척이나 괴로운 생각에 골똘히 빠진 채 상점을 나갔다. 어쨌든 손님들은 서로 반대되는 불행을 교환하고 있는 듯했다.

"내 고객들이라오." 그가 내게 말했다.

이 괴상망측한 가게에서 이루어진 일들이 너무나 믿기 어려운 지라, 역겹고 혐오스러운 모습에도 불구하고 나는 노인과 이야기를 더 나누기로 했다. 더 자세한 사실을 알고자 하는 마음에서.

그는 완벽한 영어를 구사했다. 말투는 무겁고 음침했고 뭐라고 설명하기 어려울 정도로 묘한 데가 있었다. 노인은 이 사업을 오랫동안 해왔다고 했다. 정확히 몇 년이라고는 말하지는 않았다. 온갖 사람들이 와서 그의 상점에서 거래를 하지만 그는 손님들이 어떤 것들을 교환하는지 상관하지 않는다고 했다. 사실 불행이라는 목록을 빼놓고는 사업을 유지할 수 없다고 덧붙였다.

"사실 악이란 없지요." 노인이 말했다. "거래하지 못할 불행은 여기 없어요." 노인은 그의 상점에서는 악이라고 생각되는 것을 절망적인 마음으로 가져간 적은 없다고 주장했다. 어떤 이는 하루 동안을 기다려보기는 하지만 다음 날 어김없이 다시 나타나서는 20프랑을 내고 가져갔다고 했다. 그렇지만 노인은 고객들의 요구를 아주 약삭빠르게 파악하는 장사꾼으로 보였다.

곧 오른쪽에 있는 두 남자들은 간절하게 그들의 '상품'을 서로 교환했다. 노인은 그걸 '상품'이라고 말하면서 두터운 입술을 쩝쩝 다졌다. 정말 끔찍한 명칭이었다. 그는 자신의 사업에 자부심을 가지고 있는 듯했고, 인간의 불행이 그의 장사였던 것이다.

20분 동안 나는 그 어떤 이들에게 배운 것보다 인간의 본성에 대해 더 많이 알게 되었다. 그러니까 한 인간의 악, 불행이라는 것은, 오직 자신에게만 가장 끔찍한 것이라는 것이다. 악 또는 불행은 모든 인간의 마음에 불균형하게 존재하기에 사람들은 이러한 작고 음침한 상점에서 극단적인 해결을 찾는 것이었다. 아이가 없는 어떤 여인은 여기서 열두 명의 가난에 찌들고 반미치광이 여자와 서로의 불행을 교환했다. 또 어떤 남자는 지혜와 어리석음을 교환하기를 원했다.

"도대체 왜? 뭣 때문에 그런 짓을 했던 거죠?" 내가 말했다.

"그건 내가 알 바가 아니죠," 노인은 관심 없다는 듯이 대답했다.

내가 이 꺼림칙한 노인과 나눈 이야기 중에서 가장 황당하게 여긴 것은, 그리고 지금도 이상하게 여기고 있는 것은, 한 번 이 상점에서 거래한 사람은 두 번 다시 찾아오지 않는다는 점이었다. 몇 주일 동안 매일 찾아오는 사람도 있었지만 일단 거래를 하고 나면 두 번 다시 찾아오지 않는다는 것이었다. 내가 노인에게 이유를 묻자 그는 자기도 모르겠다며 얼버무렸다.

대체 무슨 까닭인지 이유를 알고 싶은 일념으로 거래를 해보기로 결심했다. 나는 수수께끼로 가득한 상점의 안쪽에 있는 작은 방으로 갔다. 그리고는 아주 사소한 나의 재앙을, 그와 비슷한 사소한 재앙과 거래하리라 마음먹었다. 너무도 사소해서 상대방에게 불운을 주는 것도 아니고 나 스스로에게도 이익이 될 게 없을 목록을 떠올려보았다. 나는 사람들이 지금까지 이런 괴이한 거래를 통해 결코 이익을 얻지 못했음을 증명해보이기 위해서 결심을 한 것이었다. 만약 이익이 엄청나다면 신들

로드 던세이니

이나 마녀들이 알아채고 교란시키려 했을 테니까.

나는 이삼일 안에 영국으로 돌아갈 예정이어서 슬슬 뱃멀미가 걱정되던 참이었다. 실제로 뱃멀미가 심했다기보다 그저 두려워하고 있었다. 나는 그것을, 그와 비슷한 사소한 재앙과 교환하기로 했다. 어떤 사람과 교환하게 될지도 몰랐고 또 누가 실제로 이 상점의 최고의 책임자인지도 몰랐다. 사실 사람들이 쇼핑할 때도 가게 주인이 누구인지는 모르지 않는가? 유대인이나 악마는 이러한 사소한 거래에서는 어떤 이익도 얻을 수는 없으리라, 생각되었다.

나는 노인에게 계획을 이야기했다. 그러자 그는 나의 소심한 상품을 비웃으며 좀 더 대담한 거래를 해볼 것을 권했다. 그러나 그것은 내 원래 목적과는 거리가 멀었으므로 내 생각을 바꾸지는 못했다. 그는 뽐내는 듯한 태도로 예전에 취급했던 굉장한 거래에 대해 이야기를 시작했다. 한 남자가 죽음을 교환하려고 이곳으로 달려온 적이 있었는데, 그 남자는 실수로 독약을 마셨기에 열두 시간밖에 살 수 없었다. 그런데도 사악한 노인은 그 남자에게 은혜를 베풀 수 있었다. 그때 마침 기꺼이 그 상품과 교환하겠다는 손님이 거기 있었던 것이다.

"그 남자는 죽음과 교환하여 뭘 얻었나요?" 내가 물었다.

"그야 삶이지요." 그렇게 대답하면서 음흉한 노인은 낄낄거리며 웃었다.

"필시 끔찍한 삶이었겠지요?"

"그거야, 내 알 바 아니지요."

노인은 호주머니에 든 동전 20프랑을 슬머시 짤랑거리며 말했다.

다음 며칠 동안 나는 상점에서 이루어지는 기묘한 거래를 관찰하며 지냈다. 구석진 곳에서 두 사람이 중얼거림을 나누다가 일어나서는 안쪽에 있는 방으로 들어가는 식이었다. 그러면 노인은 거래를 인증해주기 위해 뒤따라 들어갔다.

일주일 동안 나는 오전과 오후, 하루에 두 번씩 20프랑을 지불하고 삶의 커다란 바람과 사소한 바람들이 펼쳐놓은 놀랄 만큼이나 다양한 모습들을 지켜보았다.

그러던 어느 날 나는 아주 사소한 바람을 가진, 느낌이 좋은 사내를 만났다. 그는 딱 내가 바라는 정도의 불행을 갖고 있었다. 사내는 늘 엘리베이터가 고장 나지 않을까 걱정하고 있었다. 그러나 나는 기계에 대한 지식이 풍부해 그런 두려움을 가지고 있지 않았고, 그 바보 같은 공포는 내게는 별게 아니었다. 그 남자에게는 약간의 설득이 필요했다. 내가 가진 불행은 그에게 그다지 나쁠 것이 아니라고 말해주었다. 그는 바다를 건널 일이 없을 테고, 나 역시도 최악의 경우 계단을 걸어 올라가면 그만이었다. 이 상점을 찾는 많은 사람들이 그랬듯이, 나는 그때 그런 시시한 공포 따위는 나를 괴롭힐 수 없다고 생각하고 있었다.

우리는 거미줄이 쳐져 있는 안쪽의 작은 방에서 양피지에 서명을 했고, 노인이 인증 서명을 했다. 그것을 위해 우리 둘은 각자 50프랑을 지불했다. 그러고 나서 나는 호텔로 돌아갔고, 거

　　　　　　　　　　　　　　로드 던세이니

기서 그 치명적인 사건을 만났다. 사람들이 나에게 호텔 엘리베이터를 탈거냐고 물었다. 나는 무심코 그러겠다고 대답했다. 하지만 막상 엘리베이터에 타자, 올라가는 내내 숨을 죽이고 두 손을 꽉 쥐어야 했다. 누구라도 다시는 나를 거기 태울 수 없을 것이다. 그럴 바엔 차라리 기구를 타고 방으로 올라갈 것이다. 왜냐고? 기구는 고장 나더라도 다른 기회가 있기 때문이다. 낙하산이 펼쳐진다거나 나무에 걸린다거나, 아무튼, 여러 가지 일이 일어날 수 있다. 그러나 엘리베이터는 떨어지면 그것으로 끝장이다. 뱃멀미로 말하자면 나는 더 이상 뱃멀미를 하지 않았다. 나는 단지 그렇게 되었다는 것만 알 뿐, 왜 그렇게 되었는지는 아무에게도 설명할 수 없었다.

다음 날 나는 그 놀라운 거래를 한 상점, 거래가 끝나면 아무도 다시는 찾지 않는다고 하는 그 상점을 찾아 나섰다. 나는 눈가리개를 하고서도 그 허름한 곳을 찾아갈 수 있었다. 허술한 도로로 이어지는 초라한 구역에 있는, 좁은 길의 끝까지 들어가면, 그 기괴한 상점이 있는 막다른 골목이 나온다. 상점 옆에는 세로로 홈이 파인 붉은 기둥이 있는 상점이 있고, 다른 쪽 옆에는 쇼윈도에 싸구려 브로치를 늘어놓은 보석 상점이 있다. 그렇게 어울리지 않은 건물들 사이에 들보가 있으며 벽을 온통 초록색으로 칠한 노인의 상점이 끼어 있었다.

반시간 만에 나는 지난주에 매일 두 번씩 갔던 막다른 골목 길을 찾았고, 촌스럽게 칠해진 붉은 기둥이 있는 상점과 브로치를 팔고 있는 보석 상점을 발견했다. 그러나 세 개의 들보가 있는 그 초록색 상점은 찾을 수가 없었다.

하룻밤 사이에 헐렸겠지, 하고 당신은 말할지 모른다. 그러나 그것은 이 수수께끼의 해답이 될 수 없다. 왜냐하면 세로로 홈이 파인 붉은 기둥이 있는 상점과 싸구려 브로치를 파는 보석상점은 딱 붙어 있었기 때문이다.

로드 던세이니

평설 | 불행 교환 상점

만약 나의 불행을 누군가의 불행과 바꿀 수 있다면?

π 모양의 들보가 세워진 '만국 불행 교환 상점'에
사람들이 바꾸러오는 불행 목록은 다양하다
죽음에서부터 엘리베이터 타기까지
불행을 서로 바꿀 수 있다는 점에서
불행의 상대성을 드러내 보이며
그렇기에 세상의 모든 일이 불행일 수 있음을
(반대로 불행이 아닐 수도 있음을) 역설적으로 보여준다
그러나 정작 무서운 건
이전에는 불행이 아니었던 것이
상대방과 바꾸어 가지는 순간 견딜 수 없는
불행이 되어버린다는 것이다

그러므로 불행 교환 상점은 다녀갔던 방문자에게 모습을
감춰야 한다

불행을 한번 바꿔간 사람은 죽을 때까지 불행을

교환하러 오게 될 테니

하지만 다행히도 절대적 불행이란 없다는

악마 같은 상점 주인을 믿기로 하자

(죽음조차도 무언가와 교환 대상이었다)

그 초자연적인 일이 가능한 상점이 어디에 있는지

우린 각자의 **심연을 검색**해야 할 것 같다

로드 던세이니

들판
The Field

봄꽃이 떨어지고, 여름이 다 무르익어 쇠퇴할 때까지 런던에만 있다 보면, 누구든지 어느 순간이 되면 화사한 시골의 넓은 공간을 떠올리게 된다. 황혼녘에 펼쳐진 시골의 고지대가 줄줄이 일어나서 천상의 합창을 부르는 듯 하고, 그 소리는 마치 주정뱅이들을 도박 지옥에서 하나 하나씩 불러낼 수 있을 것이다. 도시의 교통량이 제아무리 많아도 들판이 부르는 소리를 덮을 수 없고, 런던의 매력도 시골에 대한 그리움을 물리치지 못한다. 개울가에서 빛나는 색색가지 조약돌로부터 시작해 시골의 온갖 풍경이 떠오르면, 런던은 돌팔매를 맞은 골리앗처럼 마음속에서 쓰러지므로

들판의 부름은 먼 옛날, 먼 곳으로부터 들려온다. 그 언덕들은 과거의 언덕이고, 그 목소리는 뿔나팔을 가진 요정의 왕들

이 살던 먼 옛날의 목소리이다.

나는 지금 그 목소리를, 나를 부르는 내 유년의 언덕들을 본다. 언덕들은 얼굴을 보라색 황혼 쪽으로 치켜들었고, 고사리덤불 아래에서는 투명한 요정들이 저녁이 오는 모습을 엿보고 있다. 그 언덕 위에는, 세입자들을 들여 돈을 벌고 싶어 하는 신사들을 위해 지어진 대저택들은 보이지 않는다.

그 언덕들이 부를 때면 나는 자전거를 타고 가곤 했다. 기차로 가면 언덕들로 천천히 다가갈 수가 없고, 마치 과거의 용서받은 죄악을 떨쳐 버릴 수 없듯 런던을 내 의식 속에서 쫓아낼수 없다. 가는 도중에 지나치는 작은 마을을 만날 수도 없다. 또한 그 언덕들의 발치에 도달하여 그들이 아직도 예전과 같은지 궁금해 하면서, 나를 환영하는 그 성스러운 얼굴들을 올려다볼수도 없다. 기차 안에 있으면 갑자기 모퉁이를 돌면서 그 언덕들이 나타나고, 그때 언덕이 보여주는 건 그저 햇볕 아래 앉아있는 모습뿐이다.

열대 지방의 거대한 밀림을 통과하면 야생 동물들의 모습도 점차 사라지고 어둠은 밝아지며 숲의 공포감도 서서히 엷어진다. 그러나 런던을 통과하여 교외로, 그 아름다운 언덕들로 가까이 다가갈 때면, 도시의 집들은 더 추해보이며 거리는 더 역겨워지고 어둠은 더 깊어지고 문명의 결점들이 들판의 비웃음 앞에 적나라하게 드러나게 된다.

문명의 풍경 앞에 어떤 건축가는 '이곳에서 나는 절정에 이르렀다. 사탄에 감사하자' 라고 말할지도 모른다. 하지만 추악함이 풍요의 극치에 이르는 끔찍한 도시 속에 놓여진 노란 벽돌 다리를 건너면, 그 너머에 요정 나라가 기다리고 있는 은세공된 대문이 나타난다. 그리고 그 문을 열면, 시골이 펼쳐지는 것이다.

가능한 한 좌우로 넓게 괴물 같은 도시가 뻗어 있지만 바로 눈앞에는 오랜 옛날의 노래와도 같은 들판이 등장한다.

큰 꽃을 피운 미나리아재비 꽃들로 가득한 들판이다. 그 들판을 가로질러 시내가 흐르고 냇가를 따라 조그만 고리버들 숲이 나타난다. 나는 언덕을 향한 긴 여정에 오르기 전에 냇가에서 쉬곤 했다.

그곳에서 나는 런던의 거리들을 하나씩 차례차례 잊곤 했다. 때로는 언덕에게 보여주기 위해 미나리아재비 꽃다발을 따기도 했다.

나는 자주 그곳으로 갔다. 처음에는 들판의 아름다움과 평화로움 외에는 아무것도 눈치 채지 못했다.

그렇지만 두 번째로 갔을 때 들판은 어딘가 불길해 보였다.

아래쪽 미나리아재비 풀 숲 사이의 얕은 시냇가에서, 뭔가 무시무시한 일이 일어날 것만 같았다.

나는 오래 머무르지는 않았다. 런던에서 지나치게 오래 지내다보니 그런 음울한 상상을 하게 되었다고 생각하고는 가능한 한 빨리 언덕으로 올라갔기 때문이다.

시골의 공기 속에서 며칠 간 머물렀고, 런던으로 돌아가기 전에 다시 한 번 평화로움을 만끽하기 위해 그 들판을 찾았다.

그런데 여전히 고리버들 숲은 어딘지 모르게 불길해 보였다.

일 년 후, 나는 다시 그곳으로 갔다. 런던의 그림자에서 벗어나 빛나는 태양 아래로 나갔다. 밝은 녹색 풀밭과 미나리아재비가 햇빛 속에서 불꽃을 뿜어내고 있었고, 조그만 시냇물은 행복한 노래를 부르고 있었다. 그러나 들판에 들어서자마자 예전의 불편한 느낌이 되살아났고, 게다가 전보다 더 심했다. 마치 들판의 그림자가 미래의 어떤 두려움을 품고 있는 것 같았다. 지난 일 년이라는 시간 동안 공포가 더 가까이 다가온 것만 같았다.

나는 혹시 자전거를 타느라 지친 탓에 불편한 느낌이 다시 생겨난 게 아닐까, 추측해보았다.

잠시 후 나는 밤이 되자 다시 들판을 가로질러 와보았다. 소리 죽인 시냇물의 노래에 매혹되어 아래쪽으로 내려갔다. 그곳에서 나는 문득 어떤 생각이 떠올랐다. 만약에 어떤 이유로든 다쳐서 여기서 빠져나갈 수 없게 된다면, 별빛 아래 누운 채 무시무시한 추위에 시달릴 것이라는 이상한 상상이었다.

나는 그곳의 지리를 잘 알고 있는 마을 사람에게 들판에서 어떤 역사적인 사건이 일어난 적이 있느냐고 물었다. 그가 왜 그런 질문을 하느냐고 캐물어서, 나는 그저 들판이 야외극을 공연하기에 아주 좋은 장소 같아 보인다고 둘러댔다. 그는 흥미를 가질 만한 사건은 아무것도 일어난 적이 없다고 답했다.

그렇다면 들판의 무시무시한 재난은 미래에서 오고 있다고 나름대로 추측했다.

삼년 동안 이따금 나는 그 들판을 찾아갔고, 매번 들판은 점점 더 뚜렷하게 사악한 징조를 보였다. 아름다운 고리버들 아래 시원한 초록 풀밭에서 휴식을 취할 때마다 나의 불편한 느낌은 매번 더 강해졌다. 한 번은 생각을 다른 곳으로 돌리기 위해 시냇물이 피보다 빨리 흐를까 궁금해 한다는 사실을 깨닫고 말았다.

어딘가 무시무시한 그 들판이 나를 미치게 해 환청까지 듣게 될 것만 같았다.

마침내 나는 런던으로 돌아와서는 친하게 지내는 시인을 찾아갔다. 엄청난 꿈을 꾸고 있던 그를 깨워서 들판에 대한 이야기를 전부 털어놓았다. 그는 지난 몇 년 동안 런던을 떠난 적이 없었으므로 나와 함께 기꺼이 들판을 보러 가겠다고 약속했다. 7월 말이었다. 우리는 그곳을 향해 출발했다. 런던의 보도와 공기와 집들과 흙은 여름 더위에 구워져 바짝 말라 있었고, 자동차들의 행렬이 늘어져 있었으며, 졸음이 먼저 날개를 펼쳐 시골로 가서 헤매는 듯했다.

들판을 보자 시인은 매우 기뻐했다. 꽃들이 시냇가를 따라 무더기로 피어 있었다. 그는 즐거워하며 작은 수풀 쪽으로 내려갔다. 시냇물 옆에 그는 갑자기 멈추어 섰다. 시인은 매우 슬퍼보였다. 한 번인가 두 번, 시인은 비탄에 잠겨 시냇물을 위아래로 훑어보았다. 그러고는 몸을 숙여 미나리아재비 꽃을 한 송이 한 송이 아주 꼼꼼하게 들여다보고는 고개를 저었다.

오랫동안 그는 침묵 속에 서 있었고, 나는 이전에 느꼈던 불편한 느낌과 미래의 조짐들을 다시 한 번 느낄 수 있었다.

"이것은 어떤 들판인가?" 내가 물었다.

시인은 슬픔에 차서 고개를 저으며 말했다.

"이곳은 전쟁터라네."

로드 던세이니

"가능한 한 좌우로 넓게 괴물 같은 도시가 뻗어 있지만,
바로 눈앞에는 오랜 옛날의 노래와도 같은 들판이
등장한다"

먼 옛날 먼 곳의 목소리 과거의 언덕
나를 환영하는 성스러운 얼굴이 있고
천상의 합창을 들을 수 있는 곳
처음에 그 들판은 그렇게 아름답고 평화롭게만 보였다
괴물 같은 도시와는 정반대의 느낌이었다
그러나 찾아갈수록 다른 모습으로 보이며
무언지 알 수 없는 땅의 비밀서사를 조금씩 예감하면서
들판이 사악하게 느껴지기까지 했다

어느 날 함께 그곳을 보게 된 시인은 비탄에 잠겨
그 아름다운 들판이 피와 눈물과 주검의 땅임을
미래의 두려움을 품고 있는 전쟁터임을 알아보았다

어느 땅이 정말 괴물인 건지

들판의 외양과 과거에 묶여 있는 기억이 눈을 멀게 하지만

세계는 열려 있어서

시인의 시선, 진실로 느낄 수 있는 시선으론

본래의 모습을 볼 수 있는 것이리

또한 **이미 와있는 미래**라는 시간의 본질을

그 들판은 노래하고 있는 것이리

로드 던세이니

썰물과 밀물이 지나가는 곳에서
Where the Tides Ebb and Flow

내가 끔찍한 짓을 저질렀다는 꿈을 꾸었다. 땅에도 바다에도 묻히는 것이 허락되지 않고, 그 어떤 지옥에서도 받아주지 않아 시간을 기다리고 있었다. 나는 그것을 알고 있었다. 그 후 친구들이 찾아왔다. 그들은 비밀리에 나를 살해한 뒤, 고대 의식에 따라 긴 촛불을 쳐들고 나를 어딘가로 실어 내갔다.

이런 일이 행해진 곳은 런던이었다. 그날 밤 그들은 회색 길거리와 음침한 건물들 사이를 시체를 들고 강에 이를 때까지 은밀히 움직였다. 강과 바다의 밀물과 썰물이 진흙 강둑 사이에서 격하게 부딪치고 있었다. 물은 검고 빛으로 가득했다. 밝은 촛대를 들고 그곳에 가까이 다가선 친구들의 눈에 급작스런 경이감이 떠올랐다. 나는 이 모든 일을 죽어서 뻣뻣해진 나를 그들이 실어가는 동안에 보았다. 내 영혼은 아직 유골 사이에 머물러 있었다. 내 영혼이 갈 지옥이 없었기 때문이고, 또한 기독교식 매장이 거부당했기 때문이었다.

그들은 나를 데리고 이끼가 낀 미끈미끈한 계단을 따라 내려가다 끔찍한 진흙더미에 도달했다. 그곳은 버려진 것들의 영토였다. 그들은 얕은 무덤을 팠다. 그 작업을 끝내자 나를 거기에다 눕히고 얼른 촛불을 강에다 던져버렸다. 물이 빛을 내던 촛불을 삼켜버렸다. 조수 위를 둥둥 떠가는 초들은 창백해지더니 작아졌다. 순식간에 재앙의 소란함이 사라졌다. 나는 거대한 새벽빛이 다가오는 것을 알 수 있었다. 친구들은 망토로 자신들의 얼굴을 가렸다. 그들의 엄숙한 행렬은 몰래 달아나는 도망자들의 모습으로 변했다.

그런 후, 진흙이 지친 듯이 몰려와 내 얼굴만 빼고 온몸을 뒤덮었다. 거기서 나는 홀로 버려져 있었다. 잊혀진 것들과, 조수가 데려갈 수 없어 떠도는 쓰레기들과, 쓸모없는 것과 유실된 것들, 돌도 흙도 아닌 흉하게 부서진 벽돌들과. 나는 아무것도 느낄 수가 없었다. 살해당했기 때문이었다. 그러나 지각과 사고는 불행하게도 내 영혼 안에 있었다.

새벽빛이 넓어졌다. 강가에 군집해 있는 황폐한 집들이 보였다. 집들의 무심한 창문들이 내 죽은 눈을 응시했다. 인간의 영혼 대신 짐짝만이 쌓여 있는 창문이었다. 나는 그 버림받은 것들을 바라보며 소리쳐 울고 싶었지만 그럴 수가 없었다. 죽었기 때문이었다. 그제야 전에는 한 번도 알지 못했던 것을 알 수 있었다. 그 황폐한 집들도 지나간 오랜 세월 동안 소리치고 싶어 했으나, 죽어 있었기에 소리를 낼 수 없었다는 사실을. 잊혀 떠도는 것들도 울 수 있었다면 울었을 테지만 눈이 없었고 생명도 없었다. 나 또한 울어 보려고 했으나 내 죽은 눈엔 눈물이 없었다. 그때 나는 강이 마음을 써주고, 어루만져 주고, 노래를 불러 주리라 생각했다. 그러나 강은 급히 앞으로 나아갔다. 대단한 선박들 외에는 아무것도 생각하지 않는 듯이.

마침내 조수가 강이 하지 않은 일을 했다. 밀물이 밀려와 나를 덮어 주었다. 내 영혼은 녹색 물속에서 안식을 얻고 기뻐하며, 이것이 바다의 장례식이거니, 믿었다. 하지만 썰물로 물이 빠져버리자 나는 또다시 홀로 남겨졌다. 무정한 진흙 더미 속에, 더 이상 떠돌지 못해 잊혀버려진 것들 사이에, 황폐한 집들이 보이는 풍경 속에, 이곳에 있는 모든 것들은 저마다 죽어 있다는 의식과 함께.

바다로부터 버림받은 내 몸 뒤의 녹색 수초가 걸려 있는 제방 속에서 시커먼 통로가 드러났다. 그 좁고 비밀스러운 통로는 흙더미가 쌓이고 쇠창살로 가로 막혀 있었다. 그곳으로부터 남의 눈을 피해 다니는 시궁창 쥐들이 나를 갉아 먹으려고 나타났다. 내 영혼은 그것을 기꺼이 받아 들였다. 매장이 거부되었던 나의 저주받은 뼈들이 쥐들 덕분에 이제야 자유로워지겠구나, 생각했다. 그러나 쥐들은 금방 구석진 곳으로 후퇴하더니 자기네들끼리 소곤거렸다. 그들은 더 이상 다가오지 않았다. 이젠 쥐에게서조차 버림받았다는 사실에 나는 정말 울고 싶었다.

그때 조수가 다시 물밀듯 돌아와 나를 끔찍한 신흙으로 덮어주었고, 황폐한 집들을 가렸고, 잊혀진 것들에게 위안을 주었다. 내 영혼은 잠시나마 바다가 마련해준 묘지 안에서 편안해졌다. 그런 후에 또다시 조수는 나를 버렸다.

그렇게 수년 동안 조수는 밀려왔다 밀려가며 되풀이했다. 그 뒤로 행정구역시에서 나를 발견하고는 그들이 내게 합당한 장례식을 치러주었다. 처음으로 나는 무덤에서 잠들 수 있었다. 그러나 바로 그날 밤 친구들이 찾아왔다. 그들은 나를 파내어 다시 진흙의 얕은 구덩이로 되돌려 놓았다.

흐르는 세월 동안 몇 번이고 몇 번이고 내 뼈는 매장되었으나, 장례식 뒤에는 언제나 그 무시무시한 남자들 중의 하나가 몰래 숨어 있다가, 밤이 되기가 무섭게 나타나서는 내 뼈를 파내어 진흙 구덩이로 다시 가지고 갔다.

그러던 어느 날, 내게 이 끔찍한 일들을 저지른 자들 중 마지막 사람이 죽었다. 나는 그의 영혼이 해질녘에 강 위를 지나가는 소리를 들었다.

나는 다시 희망을 가졌다.

그 후 몇 주가 지나 나는 또 한 번 발견되었고, 또 한 번 이 휴식할 수 없는 장소에서 벗어나 성스러운 땅에 깊게 매장되었다. 내 영혼은 이번에야말로 안식을 얻기를 바랐다.

그러나 즉시 망토를 입고 초를 든 남자들이 나타났다. 그들은 나를 다시금 진흙으로 돌려보냈다. 이제 그것이 전통이자 의식이 되었기 때문이었다. 버려진 모든 것들이 내가 다시 실

로드 던세이니

려 오는 것을 보면서 무감한 심장으로 나를 비웃었다. 나만이 진흙 더미를 떠난 것을 질투했기 때문이었다. 나는 내가 울 수 없다는 사실을 기억해야 했다.

세월이 흘러갔다. 검은 화물선이 항해하는 바다 쪽으로. 엄청나게 유기된 세기들은 바다에서 잊혀졌다. 나는 여전히 그곳에 누워 있었다. 희망을 품을 수 있는 아무런 계기도 없이. 감히 그 어떤 것이 일어나리라는 희망조차 가질 수 없이. 더 이상 떠돌아다닐 수 없는 것들의 끔찍한 질시와 분노 때문이었다.

한번은 거대한 폭풍이 몰아쳤다. 멀리 남쪽 바다로부터 런던까지 이르는 폭풍은 맹렬한 동풍의 힘으로 강을 넘치게 했다. 그것은 지리멸렬해진 조수보다 훨씬 강력해 평평한 진흙을 뒤집어 놓았다. 모든 슬프고 잊혀진 것들이 기뻐 날뛰었다. 그것들은 그들보다 더 높은 것들과 함께 섞여 단번에 당당한 거대한 선박에게 달려갔다. 배들은 아래위로 요동을 쳤다. 폭풍이 내 사악한 보금자리에서 유골을 끄집어냈다. 다시는 썰물과 밀물에 괴로움을 당하지 않았으면, 희망했다. 썰물이 잦아들자 폭풍은 강을 따라 남쪽으로 향했고, 자기의 고향으로 돌아갔다. 폭풍은 나의 유골을 여러 섬들과 이국의 행복한 해변을 따라 흩어 놓았다. 내 뼈가 멀리 흩어지는 동안 잠시 내 영혼은 거의 자유로웠다.

그러나 달의 의지에 따라, 지칠 줄 모르는 조수의 밀물이 즉각 썰물이 해놓은 일을 원점으로 돌려버렸다. 햇빛 찬란한 섬들의 가장자리와 이국의 해변에서 반짝이는 내 뼈들을 다시 모아, 템스 강 입구에 이를 때까지 북쪽으로 올라왔다. 거기서 무정한 얼굴로 서쪽으로 고개를 돌려, 강을 타고 올라가 진흙 구덩이에다 내 유골을 떨어뜨렸다. 일부는 진흙이 덮었고 일부는 희게 드러났다. 진흙은 밀물이 버린 것들에게 그다지 관심이 없었다.

다시 썰물이 찾아왔다. 나는 그 집들의 죽은 눈을 보았고, 폭풍이 바다로 데려가지 않았던, 잊혀진 것들의 질투를 보았다.

여러 세기들이 지나갔다. 밀물과 썰물 위로, 잊혀진 것들의 외로움 위로. 그동안 내내 나는 진흙의 무관심한 손아귀 속에 완전히 덮여지지도 못하고 자유롭게 풀려나지도 못한 채로 누워 있었다. 따뜻한 땅의 위대한 손길과 바다의 편안한 무르팍을 갈망하면서.

가끔 사람들이 내 뼈를 발견해 묻어 주었으나, 전통은 결코 사그라지지 않았다. 친구의 후계자들이 언제나 나를 진흙 속으로 다시 되돌려 보냈다. 마침내 화물선은 더 이상 다니지 않았고 불빛도 적어졌다. 다듬어진 나무도 더는 떠내려 오지 않았고, 대신 자연 그대로의 모양을 간직한, 바람에 뿌리 뽑힌 오래된 나무들이 실려 내려왔다.

마침내 나는 근처 어딘가에 잔디가 자라나고, 죽은 집들 위에 이끼가 생기고 있다는 걸 알아챘다. 어느 날은 엉겅퀴의 솜털이 강 위로 둥둥 떠내려갔다.

몇 년 동안 이런 징조를 주의 깊게 지켜보았다. 드디어 런던이 스러지고 있음을 확인하게 되었다. 나는 다시 희망을 가졌

로드 던세이니

다. 그러나 강의 양쪽 둑을 따라 널려 있는 잊혀진 것들은 버려진 진흙 위에서 누군가가 감히 희망을 가졌다고 분노했다. 서서히 그 끔찍한 집들이 무너졌고, 한 번도 삶을 누려 보지 못했던 불쌍한 죽은 것들이 잡초와 이끼들 사이에서 정당하고 자연스럽게 매장되었다. 마침내 산사나무가, 그리고 메꽃이 피어났다. 이어서 야생 장미가 부두와 창고들이 있었던 언덕위로 솟아올랐다. 바로 그때 나는 자연의 힘이 승리했고 런던은 사라졌음을 깨달았다.

런던의 마지막 남자가 강가로 왔다. 그는 친구들이 입었던 고대의 외투를 입고, 제방의 둑 가장자리에서 내가 아직도 있는가를 보려고 들여다보았다. 그런 후에 그는 가버렸고, 다시는 남자들을 보지 못했다. 그들은 런던과 함께 사라진 것이었다.

마지막 남자가 가버리고 며칠 뒤에 새들이 런던에 나타났다. 모든 새들이 노래를 했다. 처음에 새들은 곁눈질로 나를 훔쳐보더니, 조금 떨어진 곳으로 옮겨가 자기네들끼리 소곤댔다.

"그는 오직 인간에게만 죄를 지었지." 새들이 말했다. "그건 우리가 상관할 게 아니야."

"그에게 친절하게 대하자." 다시 새들이 말했다.

그런 후 새들은 내 곁으로 총총 가볍게 다가와 지저귀기 시작했다. 새벽이 열리는 시각이었다. 강의 양쪽 둑에서, 하늘에서, 한때 거리였던 덤불 속에서, 수백 마리의 새가 노래했다. 빛이 더 밝아지자 새들은 더욱 크게 지저귀었고, 새들의 노랫소리가 공중에서 점점 커져갔다. 급기야는 수천 마리, 수백만 마리의 새들이 내 머리 위로 몰려와 노래했다. 마침내 나는 햇살 가득한, 새들의 퍼덕이는 날개와 하늘의 작은 틈새밖에는 아무것도 볼 수 없었다. 런던에서 환희에 찬 노래의 무수한 음률이 외에 아무것도 들을 수 없게 되었을 때, 내 영혼은 진흙 구덩이에 있던 유골에서 벗어나 하늘을 향해 상승하기 시작했다. 마치 새들의 날개 사이로 샛길이 열리는 것 같았다. 영혼은 위로, 위로, 올라갔다. 그 끝에 천국의 작은 문의 하나가 살짝 열려 있었다. 그때 나는 진흙이 이제는 더 이상 나를 받아들이지 않으리라는 사실을 알게 되었다. 왜냐면 문득 내가 울 수 있음을 깨달았기 때문이었다.

그 순간, 나는 런던의 내 집 침대에서 눈을 떴고, 창밖 나무에서는 참새 몇 마리가 찬란한 아침 햇빛 속에서 지저귀고 있었다. 내 얼굴은 여전히 눈물로 젖어 있었다. 잠을 자는 동안 인간은 절제력이 약해지기 때문이다. 나는 일어나 창문을 활짝 열어젖혔다. 그리고는 정원을 향해 손을 뻗어 새들을 축복했다. 고난스러웠고 끔찍한 몇 세기 동안의 꿈에서 나를 깨워준 새들의 노래를 축복해주었다.

썰물과 밀물이 서로의 행위를 무효화시키며

두 세계 어디에도 속할 수 없고

몸은 죽었지만 영혼의 죽음은 허용치 않는

부유하는 존재들의 악몽을 만들고 있다

그 세계가 양산하는 건 서로를 수용할 수 없는 타자들

악몽 속 존재들은 질시와 분노로 서로를 밀어내며

각자 고독한 채로 피할 길 없는 진흙의 감옥 속에 갇혀있다

진흙에서 꺼내졌다가 다시 진흙 속으로 되돌려지는

끝없는 반복은

마치 불가피한 계획처럼

처음을 지운 전통이 되었고

사람들은 그 전통의 이유를 알지도 못한 채

고대의 외투를 받아 입고 무의미한 의식을 되풀이하며

스스로 만든 도시와 함께 소멸하는 꿈

그 악몽 중에도 누군가는 희망을 포기하지 않았기에
해방의 자유와 구원은 일어났다
눈물을 흘릴 수 있는 게 구원의 징조임을
영원히 반복될 것 같은
악몽에서 벗어날 강력한 주문이자 노래임을 기억하자

그러나 어떤 세계의 주체는
도저한 밀물과 썰물 그 자체라는 걸
이보다 더 잘 그려낼 수 있을까

로드 던세이니

에이빈드 욘손

에이빈드 욘손 1900-1976

Eyvind Johnson은 초등학교를 끝내고 14세부터 허드레 노동을 하며 떠돌다가 19세에 스톡홀름에 3년간 머물면서 작가 수업을 받았다. 그러나 21세부터 다시 유럽 전역을 떠돌며 방랑하듯 살았다. 50세가 되어서야 고국 스웨덴으로 돌아와 작가로서 정착했는데, 북구 고유의 신화와 전설을 뿌리에 두고, 창작에 전념하여 출판된 작품집이 30권도 넘는다. 1974년에 노벨 문학상을 수상하기에 이르렀다.

어떤 이상한 만남

길은 텅 비어 있었다. 사람도 없을 뿐만 아니라 동물도 어떤 대상물도 발견할 수 없었다. 그런 길을 내가 가고 있었다. 한 사람의 인간인 내가 아무리 둘러보아도 보이는 것은 정말 아무것도 없었다.

그러나 그랬던 것은 잠시뿐이었다. 왜냐하면 어떤 사람이 내쪽으로 마주 걸어오고 있는 것을 발견했기 때문이었다. 그는 나보다 키가 컸다. 어깨도 엄청나게 넓었다. 모자를 쓰고 있었는데, 내가 여태껏 보지 못했던 그런 괴상한 모자였다.

나는 활기찬 표정을 얼굴 표면으로 밀어 올렸다. 그럼으로써 자신을 좀 당당하고 힘센 사람으로 보이고자 했다. 표정이나마 그렇게 하면 곧잘 그런 효과는 있었던 것 같았으니까. 또한 나는 숨을 깊이 들이마시고 내뿜지 않았다. 그렇게 함으로써 상대방이 토해내는 공기를 마시지 않으려는 것이었다. 그러는 동안에 우리는 막 엇갈려 지나치게 되었다.

그런데 그가 지나쳐 가지 않고 내 앞을 막아서며 말했다.

"잠깐! 거기 좀 서시오. 당신 내일 아침 일곱 시까지 와서 내 집을 좀 치워 줘야겠어!"

나는 하도 기가 차서, "제가 말입니까?" 하고 되묻는 수밖에 없었다.

"물론 당신이지. 그럼!"

"그게 무슨 말씀이신지요?"

이윽고 나도 그런 모욕에 해당되는 말투를 찾아 맞상대했다.

"머리가 어떻게 되신 건 아닙니까? 어쨌던 길이나 비키십시오."

"수작질이랑 말고, 말 곱게 들어! 수돗물도 나오고 걸레도 있단 말이야."

"선생께선 그럼 나를 정말로……."

"물론 무슨 일이든 처음 순간엔 기차게 생각되는 법이야. 난 그걸 부인하지 않아. 하지만 나한텐 진공 소제기도 있거든."

"진공 소제기는 또 뭡니까?"

"아주 최고급품이지! 신형이구. 그런 걸 다룬다는 건 일도 아니고, 재미나는 놀이일 뿐이야. 하지만 당신이 원한다면 양탄자를 마당으로 가지고 나가서 털어도 상관은 없어."

"도대체 몇 층에 사시는데요? 한 15층 쯤에 사시나 보군요!"

"무슨 소리! 4층에 살 뿐인데. 게다가 엘리베이터가 바로 현

에이빈드 욘손

관문 앞에 있소. 와보면 알 거 아니야?"

"하지만 무엇 때문에 내가 선생네 집을 청소해 주러 가야 하지요?"

"그야 내 집이 대청소를 한 번 해야 할 만큼 너저분해졌으니까. 집엔 앞치마도 있으니까 두르고 해도 돼요. 그리고 한 가지 미리 말해두지만, 쓸데없는 소리로 징징거리지 말아요."

"그건 또 무슨 말씀이시죠?"

"당신 같은 사람이 그런 일을 하면서 앞치마도 안 두르고 하려 하겠어? 하지만 그런 건 당신 일이니 마음대로 해. 입고 하든 뒤집어쓰고 하든 난 상관 안 할테니."

"물론 그런 일엔 앞치마를 두를 필요가 있겠지요. 하지만 선생께선 어떻게 그렇게 남을 감히……."

"창고는 목욕실 옆이오. 그 안에 적당한 빗자루들이랑 솔들이 있을 거야. 창고의 전등알은 끊어졌으니 현관 쪽의 불을 켜야 할게요."

"이거 정말 아닌밤중에 홍두깨도 유만부득이지. 여하튼 먼지털이개도 있어야겠군. 그런데 도대체 선생께선 날 어떻게 생각하는 거요?"

"아, 먼지털이개는 없어. 술이 다 떨어지고 막대기만 남았지. 창고에 막대가 있을 테니 걸레조각 같은 걸 찢어서 만들어 써도 좋아요. 사람 사는 덴 정말 필요하지 않는 게 없단 말이야."

"걸레를 찢어서 하라고요? 보나마나 선생네 걸레는 어지간

할 것 같은데, 그걸 만져서 더러워진 손은 침이나 뱉어가시고 바짓가랑이에 쓱쓱 문지르면 된다는 건가요?"

"거, 당신 말이 많구먼. 바짓가랑이에 닦을 필요가 뭐 있어. 수돗물에 씻고 타월로 닦으면 되지. 마루 닦는 자루 달린 걸레는 옆집에서 빌려 쓰도록 해."

"선생넨 그럼 마루 닦는 걸레도 하나 없습니까? 그건 마루를 닦아 본 지 꽤나 오래라는 소리 같기도 한데……."

"어차피 치우고 닦아야 할 건데 좀 지저분하고 덜 지저분한 게 무슨 상관이오? 이웃집에서 빌리려면 여덟 시 전에 들러야 해. 여덟 시가 지나면 그 집엔 아무도 없으니까. 가서 내가 보냈다고 하면 돼. 그러면 빌려 줄 테니. 그리고 식당 식탁 위엔 스위스 치즈가 있으니 좀 베어 먹어도 돼요. 아주 통째로 먹어 버리면 곤란하구. 나도 아껴 가며 먹는 거니까. 그리고 하수도 막힌 것도 손 좀 봐줘요. 제라늄 화분에 물도 좀 주고, 현관에 깐 양탄자는 꼭 말아서 세워 놓고 치우도록 해요. 그건 산 지 얼마 안 된 거니까. 그리고 낯선 사람은 집안에 들이지 말고."

"그럼 더운 물은 나옵니까? 난 류머티즘을 앓고 있기 때문에 찬물은 딱 질색인데……."

"바보 같은 소린 좀 작작하시오. 식당이 있는 집에 가스레인지가 없겠어? 더운 물을 쓰고 싶으면 물 올려놓고 스위치만 넣으면 돼. 당신 가스도 못 다루는 팔불출은 아니겠지?"

"가스도 있습니까?"

"거, 참. 멍청한 소린 좀 작작하시오! 물론 가스도 있소."

에이빈드 윤손

"가스엔 난 노이로제가 걸렸습니다. 그것도 중독되기 아주 쉬운 것 아닙니까?"

"엉뚱한 수작은! 괜히 모자란 척하면서 엉터리로 해치울 생각을 했다간 경칠 줄 알아! 선반 위랑 깨끗이 닦고, 매트리스는 내다가 말리고, 커튼도 털어서 접어놓고, 문의 손잡이들은 비눗물로 깨끗이 닦아야 해. 그렇다고 또 비눗물을 문짝이고 벽에 마구 묻게 했다가 혼날 줄 알아. 성의 있게 조심스레 해야 한다고. 내가 지켜 서서 다 지휘할 테니까 꼼수를 부리려도 부릴 수가 없을 테지만 말이야. 그리고 일을 시작하기 전에 라디오의 코드는 뽑아놔야 하구. 난 일하는 녀석들이 라디오를 들으면서 일하는 거 보면 벨이 뒤틀려서 못 참는 성미야. 그럼 내일 아침 일곱 시 정각에 오도록 하고 그만 가보시오!"

그러고는 그는 스포츠맨 같은 걸음걸이로 사라져갔다. 그는 뒤도 한번 돌아보지 않았다. 나는 그가 사라질 때까지 그의 뒤를 넋을 놓고 바라보고 있었다. 그제야 모욕당한 내 자존심이 용을 쓰며 나의 병신 같았던 행동거지를 무섭게 질타해왔다. 그래서 나는 그의 청소일은 젖혀 두고라도 그를 찾아가 보지 않을 수 없다는 자존심이 치솟았다.

그러나 다음 순간, 나는 그만 해볼 도리 없이 맥이 쪽 빠지고 말았다. 위풍당당한 나의 임시 고용주는 나에게 그의 주소를 적어주고 가는 것을 잊었던 것이다.

복수는 시작되다

　노파는 생각했다. 아들아, 내가 너를 부르고 있다. 매일 저녁 나는 집을 나선다. 사람들이 이미 잠자리에 들었을 그런 시각에. 하지만 누군가에게 눈에 띄면 나는 즉각 몸을 숨긴다.

　나는 집을 뒤로 하고 걸어간다. 그래도 나는 집이 어떻게 보이는지 잘 알고 있다. 그 안에서 사십 년을 살아왔으니까. 그것은 남편이 그 안에서 살고 있는데도 불구하고 내게는 종종 죽은 집처럼 생각했듯, 그렇게 죽은 집의 형상이다. 집은 온통 담쟁이덩굴로 뒤덮여 있어서 나는 숲 속에 사는 듯한 기분이 들곤 한다. 담쟁이덩굴 속에는 낮에 자고 밤이 되면 날아가는 새들이 함께 살고 있다. 나는 그 새들과 친하다. 새들도 나를 좋아한다. 나는 새들에게 아들에 대한 모든 이야기를 나눈다. 다른 사람들은 아직까지도 그 새들을 본 적이 없다고 하지만.

아들아, 나는 너를 부르고 있다. 이 부름 소리는 지상의 어느 소리보다도 크게 울리고 있을 것이다. 지진보다 전쟁터의 포화 소리보다도. 너는 전쟁터에 갔지만 전쟁터에 간 것이 아니었다. 너는 군대에 갔지만 군대에 간 것이 아니었다. 너는 애초엔 용감했다. 하지만 점차 비겁해졌다. 그것은 모두 그 계집년의 탓이다.

너는 그 계집애와 천생연분이라 주장하지만 그건 내가 더 잘 안다. 계집애는 저밖에는 결코 알지 못한다. 저 하나만을 생각하고 저 하나만을 사랑한다. 나만이 너를 사랑하는 것이다. 그러나 너는 나를 배반했고 사람들을 배반했고, 동네 사람들을 배반했고, 전쟁터의 다른 동료 병사들을 배반했다. 그랬음에도 나는 변함없이 너를 사랑한다. 아, 나의 부름 소리가 너한테까지 들리는지 의문이구나. 나는 늙었다. 생각도 착잡하다. 너와 그 계집애의 생각으로 지쳤다. 그리고 내가 너에게 보내고 있는 생각들이 그 계집애의 노랫가락들을 충분히 눌러 이길 만한 힘을 지닌 것인지도 의문이다. 그 계집애도 노랫가락들을 너에게 보내고 있을 테니까. 그 노랫가락은 독기를 품은 바람처럼 너에게 불어 닥칠 테지. 그 노래는 천하디 천하다. 그거에 비하면 내 생각들은 너무나 점잖지. 천박한 것과 만나면 점잖은 것이 지게 마련이다.

하지만 나는 그것이 결국은 달라지게 할 것이다. 그 계집애를 너에게서 떼어낼 테니까. 그년이 나를 너에게서 없애 버린 것과 똑같이.

그 계집애는 레코드판을 팔았다. 아주 천한 노랫가락이나 팔던 계집애. 그런 가게엔 천한 것밖에 없는 법이다. 그저 잠자리 일을 다룬 것들 밖에 없지. 그런 계집애가 글쎄 우리 집엘 들어오게 되다니, 우리 집안은 점잖은 집안인데. 물론 처음엔 계집애도 조심을 했다. 내가 그렇게 주의를 주었으니, 그렇지만 차츰 그 계집년이 내 아들을 천덕스럽게 꼬시는 것을 보고 나는 두 번째로 주의를 주었다. 그러나 그 계집애는 듣지 않았다. 그년은 이미 내 아들을 자기 마음대로 할 수 있게 후린 다음이었으니까.

얘야, 아들아, 너는 어디 있느냐? 아, 그렇구나, 너를 죽여버렸다. 너의 비겁한 때문에. 군법에 의해서 너는 총살당했다. 그런 군법이 세상에 없었으면, 하는 때가 얼마나 많았는지. 그 계집애를 그냥 내버려 두고 말았으면 하는 때도 얼마나 많았는지 모른다. 얘야, 내가 그 계집년을 죽여야만 하겠니? 너는 대답을 않는구나.

나는 집을 나와 거리로 나서곤 한다. 아무 소용도 없이 손을 눈 위에 가져가 챙을 하며, 혹시 네가 거리 가로등 불빛 속으로 들어서는 모습이 보이지 않나 해서. 나는 두세 번 너를 본 줄로 착각하기도 했다.

그러나 다른 사람들이었다. 너의 그림자가 아니었다. 설령 그것이 너의 그림자이었더라도 너는 나에게 다가오지 않았을 것이다. 원한 때문에. 그래서 나에게 남은 것은 복수를 하는 것뿐이다. 너에게 복수하고, 나 자신에게 복수하는 그런 일 밖에 남지 않았다. 그 계집년이 내게서 나의 아들을 도둑질해갔다.

애야, 네가 나에게 나를 잊지 않았다는 작은 표시만이라도 보여 준다면, 나는 그 계집년을 어쩌지 않겠다고 맹세하겠다. 눈짓이라도 보여 주렴. 내가 그 계집년을 벌하면 그건 큰 죄가 되는 거라고 말이다. 그러나 너는 아무 의사표시도 하지 않는구나.

오, 내게 지금 들려오는 건 새들이 날아오르는 소리뿐이구나. 나의 새들이 외친다, 해치우라고, 해치우라고. 저 새들은 인간들보다 이해심이 많구나.

어쩌면 새들이 도움을 청하고 있는지도. 저들의 노래가 그 계집애의 천박한 노래에 의해 공격을 당하고 있는지도. 아, 그래 계집애의 노래와 새들의 노래가 싸우는 소리가 들린다. 새들의 노랫소리가 약해져가고 계집애의 노랫소리가 점점 기승스러워지고 있다. 나는 새들을 도우러 가야 한다. 계집애의 노래들이 어떤 것인지를 밝혀 창피를 주고 물리쳐야지.

그 계집애는 아직도 여전히 살고 있다. 언젠가의 기억이 떠오른다. 어느 날 아들이 저녁에 집으로 돌아와 웃으면서 어떤 처녀의 가슴을 만져보았다고 했다. 그는 웃었고 나도 웃었다. 그때 나는 생각했다. 언젠가는 결국 일이 이런 식으로 가지 않을까, 하고. 그래서 나는 웃지 않았던가. 무슨 일이든지 첫 번이 견디기 힘든 법이라고 생각하면서도 아들에게 경계하라고 주의를 주지는 못했다. 며칠이 지나 아들이 또 말했다. 그 처녀와 사랑에 빠졌다고. 그는 진심이었다. 그래서 나는 물었다. 누구냐고. 그러나 그는 대답하지 않았다. 아들은 더 이상 이야기하지 않았다. 내 앞에서 말하는 것에 겁을 먹었던 모양이었다. 그런 후 저녁을 먹으러 들어오는 시간이 점점 정확치 못해지는 것이었다. 나도 그에게 어디를 싸다니는지 묻지 않았다. 그러더니 그 애는 자고 들어오기까지 했다.

나는 더 이상 참을 수가 없었다. 어느 날 아들의 뒤를 따랐다. 그 애는 레코드 상점에 점원 처녀를 만나는 것이었다. 나는 벌써부터 그 계집애가 아닐까 의심은 하고 있었다. 나는 계속 그들 뒤를 따라갔다. 그들은 어떤 호텔로 들어갔다. 나는 한 시간가량 주위를 돌았다. 그런 후 그 건물로 들어갔다. 아래층 방들은 사무실이었다. 나는 계단으로 올라갔다. 이층으로 올라가니 거기부터가 호텔이었다. 나는 숨을 쉴 수 없었다. 내 심장은 그렇게 튼튼하지 않았다. 문을 두드렸다. 어떤 아낙네가 문을 열었다. 아낙네는 의사나 약제사처럼 하얀 가운을 입고 있었다. 나는 슬쩍 살펴보았다. 말없이. 아낙네는 질리는 표정이었다. 나는 한 마디의 말도 하지 않았다. 그저 안으로 밀고 들어갔다. 아낙네는 나를 붙잡으려 했다. 하지만 나는 곧장 안으로 들어가 복도를 걸어갔다. 만약 아낙네가 나를 방해했다면 필경 그녀를 때려 죽였을 것이다. 그러나 그녀는 비켜주었다. 그녀의 얼굴에 경련이 일었다. 그녀가 뒷걸음질로 물러나 어떤 방문 앞에서 막아섰기 때문에 나는 아들과 계집년이 들어 있는 방을 대번에 알 수 있었다. 그런 직업에 종사하는 여편네라면 좀 더 눈치가 있어야 했을 텐데.

에이빈드 욘손

아들과 계집년은 그 문 뒤에 누워 있는 거였다. 내 아들놈은 불과 몇 주일 전에 사귄 계집애를 끼고 거기에서 누워 있는 거였으니, 그걸로 미루어 보아 내 아들놈이 그 계집애를 꼬드겨 호텔을 찾아든 것이 아니라, 계집애가 내 아들을 유혹한 것이 분명했다. 그러고 보니 내 아들에게 가슴을 만지게 한 것도 계집애가 꼬였을 것이다. 계집년이 아들한테 먼저 반했던 것이고, 아들놈은 거기 응했던 것뿐이라는 걸 알았다. 그년은 눈에 색기를 지니고 있었으니까.

나는 여편네 앞으로 다가갔다. 그녀에게서 거의 죽을 만큼이나 구역질이 났지. 하지만 마지막 순간에 여편네가 옆으로 비켜났기에, 나는 도어를 열어젖힐 수 있었다. 그것들은 문도 잠그지 않고 있었다.

나는 그들을, 내가 문 앞에서 그려보던 것처럼 더럽고 추한 모습으로 발견했다면, 그들을 죽여 버렸을 것이다. 그러나 사정은 그보다도 나빴다. 그들은 아름다웠다. 그들은 잠이 들어 있었다. 이불을 덮은 채로. 아들의 머리는 계집의 왼팔 위에 놓여 있었고, 계집의 머리는 아들의 오른팔 위에 얽혀 있었다. 탁자에서는 빨간빛 램프가 타고 있었다. 창문에 처진 커튼은 노란색이었고, 말아 올리는 커튼도 내려져 있었다.

나는 더 이상 볼 수가 없었다. 나는 울지 않을 수 없었다. 아니 울고 싶었던 것은 아니었다. 원래 나는 아들과 계집애가 누워 있는 침대를 불살라 버리려고 호텔에 왔던 것이었다. 성냥갑도 준비해 가지고. 그러나 나는 그러지 못했다. 그저 울면서 몸을 떨고 서 있을 뿐이었다. 힘이란 힘은 온 몸에서 빠져버린 것 같았다. 그런 내가 얼마나 수치스러웠는지 모른다. 그들은 그렇게도 내 마음에 들었던 것이다. 그들은 행복했기 때문에 그렇게 아름다웠다. 그들이 얼마나 부러웠는지! 나는 그렇게 행복해 본 적이 없었다. 나는 내 남편과 한 번도 그렇게 누워 본 적이 없었다. 가련한 늙은 여편네인 나는 어찌해야 좋을지 몰랐다. 그러는 동안에 나는 그들을 있는 그대로 내버려 둘 마음이 되어갔다.

나는 도어를 뒤로 닫으면서 그 방에서 나왔다. 뚱쟁이 여편네는 보이지 않았다. 나는 집으로 돌아왔다. 잠자리에 들자 대뜸 떠오르는 것은, 내가 끌어내지 못했던 내 아들의 모습이었다. 나는 그날 밤 한잠도 자지 못했다. 날이 밝아올 무렵에서야 다른 생각이 떠올랐다. 그 호텔방에 들어가려면 돈이 들 텐데. 방값은 누가 냈을까? 계집애가? 내 아들은 그렇게 내버려 둘 아이가 아니다. 그렇다면 내 아들이? 그 애는 내가 한 잔의 포도주나 영화구경을 가라고 준 돈을 그런 추잡스러운 짓에 써버린 것이었다. 그는 아직 어렸는데도. 그 애는 자동차 수리공장에서 일을 배우는 견습생이었다. 계집애도 역시 어렸다. 오, 맙소사! 계집애도 어렸고, 그 애도 어렸다. 한데 계집애는 살아 있지만 그 애는 죽었다.

애야, 그래 넌 정말 죽은 것이냐? 네가 죽은 걸 내가 의심하다니 내가 미친 모양이다. 네가 죽었는데도 나는 거리로 나서곤 한다. 내가 미친 것이 아니고 무어냐. 그 계집애가 너를 죽였기 때문에 너는 죽은 거야. 아니 그렇지는 않다. 네가 죽은 건 계집애가 너에게 명예라는 건 없다고 말해준 탓이고, 그렇게 네가 설득당한 탓이었다. 그렇기 때문에 사령관이 너를 사형시켰어. 사령관은 내가 제정신이 아니게끔 해준 그 병사들의 복수를 한 것이었다.

그건 왜냐하면 전쟁이 발발한 탓이었다. 내가 아들과 계집년이 발각된 지 나흘 후에 전쟁이 터졌다. 내 아들은 그날로 징집되었다. 나는 그 애가 떠나갈 때 손 한번 잡지 못했다. 그날 이후 우리는 한 마디의 말도 나누지 못했다. 한때는 내 아들이었던 그 애는 전선에서 편지 한 장 보내오지 않았다.

그 후 계집애를 단 한 번도 만나지 못했다. 고것이 나를 피했다. 왠지는 나도 모른다. 어쩌면 나를 피한 것은 아닌지도 모른다. 필경 나를 이미 오래 전에 잊은 탓일 것이다. 마찬가지로 고것은 내 아들도 그렇게 잊은 지가 오래인지도. 그런 계집애들은 일이 그렇게 되면 당장 새로운 상대를 찾아 나서는 법이니까. 분명 이미 오래전부터 다른 사내와 몸을 나눴을 거야. 내 아들과 같이 잤던 호텔의 그 침대에서. 그깟 계집년이 그랬던 말든 전연 무관한 일이지, 내게는.

나는 내 아들의 죽음을 청했다. 그것은, 계집년을 사랑하는 아들의 죽음을 원한 것이었을 뿐, 나를 사랑하는 아들의 목숨을 위해서는 기도했다. 그러나 나의 기도는 청원보다 약했다. 왜냐하면 그 계집년을 사랑하는 그가 나를 사랑하는 그보다 우세했으니까. 당시 나에게는 두 통의 통지가 와 있었다.

한 통은 군사재판소에서 온 것이었다. 아들의 심리에 출석을 요망한 편지였다. 나는 출석하여 아들이 평소에 늘 착한 아들이었는가를 밝혀야 했다. '그렇습니다. 내 아들은 평소에 착한 아들이었습니다, 법무관님. 하지만 늘 그랬던 것은 아니지요. 그 애는 냉혹해졌어요. 레코드판을 파는 계집애를 알고부터는.' 나는 다른 한 통의 편지를 읽었다. 나는 그 편지 내용을 지금도 암기할 수 있다. 앞으로도 그건 영원히 기억할 수 있다. 내 사랑하는 새들아, 아직 내가 사랑하는 유일한 존재인 새들아. 내가 그걸 너희들한테 들려주마! 그 편지는 이렇게 외치고 있었다.

사랑하는 어머님께 용서를 빌어야겠습니다. 저는 무서운 일을 저질렀습니다. 저는 그 때문에 죽게 될 걸 알고 있습니다. 제가 자업자득 한 일입니다. 와 주십시오. 어머님께 말씀드리고 싶습니다. 전투 때였습니다. 제가 참가했던 첫 번째 전투였습니다. 우리 소대는 이미 삼십 명밖에 안 남아 있었습니다. 나머지 사람들은 이미 죽었습니다. 적군은 우리를 우리 연대의 주력에서 차단시키고 있었습니다. 우리는 고립되어 있었죠. 저는 두려웠어요. 우리는 언덕에 포진하고 있었습니다. 그 언덕은 아주 보잘것없이 야트막했습니다. 저희들이 포진한 언덕을 높은 고지들이 사방에서 둘러싸고 있어요. 우리는 고지 사이를 뚫어야 했습니다. 사상자가 무섭도록 많이 났습니다. 둘 중의 하나는 쓰러지는 것이었어요. 저는 내내 무사했습니다. 그러나 그럴수록 두려움은 더해가는 것이었습니다. 저는 죽고 싶

에이빈드 욘손

지 않았습니다. 제 아가씨를 생각했지요. 그 애는 귀여운 아이입니다. 저는 그 아가씨를 사랑해요. 그 애도 저를 사랑하고요. 그리고 어머님께서 그 애를 반대하신다는 것도 알고 있습니다. 하지만 제발 부탁이니 한 번만 그 아이와 얘기를 나누어 봐주십시오. 그러시면 어머님도 저희 편이 되실 겁니다. 오, 맙소사! 제가 마치 아직도 모든 것이 다시 한 번 좋아지거나 할 것처럼 말하고 있군요. 저는 그게 그렇게 되지 않을 것이라는 걸 압니다. 잉크가 번진 걸 용서해주세요, 어머니. 제가 운 탓입니다. 그리고 운다는 것은 군인에게 역시 금지된 일이지요. 그렇다면 군인이란 도대체 어떠해야 된다는 건가요. 아무렇지도 않은 듯 무감각해야 한다는 것이겠죠. 군인에게 허용된 단 한 가지는 죽어야 된다는 것이겠죠. 우리는 언덕 위에서 죽어갔습니다. 우리는 언덕 위에 있는 농가로 몸을 피해보았지만 소용없었습니다. 그건 단층짜리 집으로 지하실도 없었습니다. 적은 우리에게 기관총으로 일제 사격을 해왔습니다. 그리고 유탄 사격을 가해 왔어요. 적의 비행기들 또한 우리를 갈겨댔습니다. 고원의 나무숲에 숨은 적의 저격병들은 우리를 하나하나 명중시키고 있었고요. 그런데 우리에게 무기라고는 소총밖에 없었습니다. 그나마도 모두가 소총을 가진 것도 아니었죠. 물론 전우들이 수없이 죽어 갔기 때문에 소총은 곧 빠짐없이 지니게 되었지만요. 빠짐없이 아니라 남아돌기에 충분해졌지요. 우리 소대가 열다섯 명으로 줄어들었기 때문입니다. 나머지 열다섯은 전사했거나 중상을 입고 쓰러진 겁니다. 우리는 전사자들을 끌어

모아 놓갓집 담에다 기대 세워 놓았습니다.

우리 숫자가 그렇게 적은 것을 알면 적들이 돌격해 올지도 모르니까요. 전사인 줄 알았던 사람 중엔 아직 숨이 안 넘어간 사람들도 있었습니다. 그들은 재차 총탄 세례를 받고 죽어갔습니다. 탄약이 떨어지자 적들이 돌격해왔습니다. 전우들 중에는 자살하려고 장화에서 칼을 뽑아드는 사람도 있었습니다. 그러나 저는 무섭기만 했습니다. 저는 내가 누구이고, 어디에 와 있는 것인지 모두 다 잊었습니다. 저는 다시 어린아이가 되었던 것입니다. 저는 납작하게 땅에 엎드렸어요. 제 주위의 사방에 죽은 전우들을 끌어다 놓았습니다. 그렇게 하면 저는 총탄을 안 맞을 수 있을 것 같았어요. 소대장이 그때 나에게로 기어와 물었습니다. 웬일이냐? 저는 대답했어요. 난 무서워요. 그러자 그는 소리쳤어요. 이놈아, 너 미쳤구나!

그렇습니다, 어머니. 저는 미칠 지경이었습니다. 미치지 않고는 있을 수가 없었어요. 전 무서워요. 수치도 모르느냐 이놈아! 소대장이 다시 소리를 질렀습니다. 네, 수치스럽습니다. 저는 대답했습니다. 그러나 몸은 꼼짝 않고 엎드려 있었습니다. 전 정말 무서웠어요. 일어섯! 하고 소대장이 소리쳤습니다. 저는 일어나 보려 했어요. 그러나 일어설 수가 없었습니다. 그저 무섭기만 했습니다. 자살을 해라! 우린 모두 자살을 하는 거다! 소대장이 말했지만 저는 다른 짓을 했습니다. 저는 구멍을 파기 시작한 것이었어요. 그 구멍에 날 눕히려고요. 그래서 적이 언덕을 점령해도 나를 찾아내지 못하게 하려고요. 저는 손톱으로 열심히 팠습니다. 장화 발부리로도 팠습니다. 정신이 없었어요. 무서웠습니다. 모든 것이 소용없을 것을 알았어요. 하지만 그래도 저는 죽자고 그 짓을 계속했습니다. 미치게 무서웠으니까요. 소대장은 단념하고 가버렸습니다. 그러자 옆의 전우들은 저에게 침을 뱉었어요. 하지만 저는 상관하지 않고 파고 또 팠습니다. 저는 죽을 지경이었어요. 무서워서. 적이 언덕을 점령했을 때 보니까 제가 엎드려 있던 곳엔 닭이 알을 까려고 파놓은 것 같은 구멍이 네 개 파여 있더군요. 살아남은 사람들은 포로가 되었습니다. 그러다가 양측에선 임시 휴전을 맺고 포로 교환을 했어요. 교환되자마자 저는 체포되어 군법에 부쳐졌습니다. 내주에 저에 대한 심리가 있을 거예요. 저는 변호인으로 어머니를 선정했습니다. 도와주세요. 용서하고 도와주셔야 합니다. 어머니의 아들을 말입니다.

나는 그 애를 용서하지 않았다. 나는 그 애를 도와주지 않았다. 나는 그 애에 관한 것은 모두 털어놓았다. 새들아, 나는 그랬어. 마치 너희들에게 하나도 숨기는 사실이 없는 것처럼 그랬다. 그 애는 총살을 당했지. 정당한 처벌이었을 거야. 설사 내가 그 애를 돕기 위해서 없는 소리를 지어냈더라도 그 애를 살릴 수는 없었을 거야. 하지만 난 애초에 그 애를 도울 마음이 없었어. 그 애를 살린다는 것은 그 계집년에게 다시 돌려보낸다는 거나 매한가지인 일로 생각되었으니까. 그 애를 살리고, 계집애를 죽이면 되기는 할 테지만 사람을 직접 죽인다는 건 그렇게 선뜻 되는 게 아니거든. 사람을 죽이려면 준비가 있어야 하는 거지. 마음의 준비가. 하지만 이젠 난 그럴 준비가 다 되었다. 그래서 나는 오늘 밤에 해치우려는 거다. 바로 이 길거리 위에서.

새들아, 너희들도 도와주겠니? 물론 너희는 도와주겠지. 나는 너희들을 알아. 우린 그동안 그렇게 통사정을 하면서 털어놓고 지내왔으니까. 나는 실수 같은 건 없을 게다. 이제 곧 그 계집년이 레코드 상점에서 나와 이 길로 접어들 것이다. 오늘이 야근이거든. 그래서 나는 저 곳을 들어갔다 나와야겠다.

제발 실수 같은 건 없어야 할 텐데. 실수 같은 건 있을 수가 없어. 내 아들을 총살시킨 장본인은 결국 그 계집년이니까. 나는 죽이고야 말겠어. 어떻게 해서든 오늘 밤 안으로. 나는 그럴 권리가 있어. 그리고 세상의 재판 따위는 겁내지도 않아. 두려울 것 하나도 없지. 나는 내 아들을 죽인 년을 죽이는 것이니까.

에이빈드 욘손

아들은 전쟁터에서 군인답지 않은 비겁한 행위를 했다
군사령관은 병사들의 복수를 위해서 아들을 죽였다
그러나 사실은 "명예란 건 없다"고 말했던
아들의 여자가 죽인 것이고
그러므로 그 복수로 아들의 어머니인 자신이
아들의 여자를 죽여야 하며
그것이 그 여자를 택했던 아들에 대한 복수이자
자기 자신에 대한 복수라고 어머니는 말한다

아들이 아들의 여자에게로 돌아오는 걸 막기 위해
삶의 길을 영원히 막아버린 어머니
죽은 집의 형상을 한 집에서 죽은 시간을 사는 어머니는
삶의 시간, 생명력과 환희에 찬 아들과 아들의 여자의
세계로 건너갈 수 없다
어머니의 분노와 질투는 건너갈 수 없는 그 세계를
파괴하려는 것으로 읽힌다

아들이 제일 먼저 죽었다
어쩌면 그가 두 세계를 이어줄 유일한 다리였을 텐데

'복수'라는 덫에 걸리는 순간
복수하려는 이유는 완벽하게 만들어 지는 것
어머니가 덫에 걸렸다
복수해야만 할 모든 원인을 제공한 아들의 여자를 향한
어머니의 복수는 시작되었다

'어머니'라는 가장 아름다운 이름이
급기야는 가장 무서운 이름이 되었다
그러나 어머니가 파괴하려는 세계는
복수로 파괴될 수 없는 세계
레코드판에 새겨진 노래가 멈추지 않고 반복되듯
생명의 노래는 멈추지 않는다
그녀의 복수는 지금부터 아득하게 아마도 끝없이
이어질 것이다
'시작된 복수'는 결코 끝을 만들지 않는다

이른 봄

　"누가 알아요, 언젠가는 내가 당신을 쫓아낼지? 그래요, 난 당신을 이 집에서 쫓아낼 거예요. 당신은 보따리를 겨드랑이에 끼고 서서 힐끔힐끔 날 살피겠지. 혹시 내가 그냥 있으라고나 할까 하고. 그렇지만 어림없어요. 난 까딱 안 해. 입 꼭 다물고 낯선 사람을 보듯이 당신을 바라볼 거예요. 그러면 당신은 어정어정 돌아서서 문께로 가겠지. 문은 당신 뒤에서 쾅, 닫힐 것이고, 그럼 당신은 쫓겨난 것이고, 밖은 낙엽이 우수수 떨어지는 가을인 거예요. 낙엽 하나쯤은 당신 어깨 위에도 내려앉겠지. 당신은 거기서 또 한 번 돌아다볼 거야. 그렇지만 난 창가에 서 있질 않지. 실은 창가에 서 있지만 커튼이 가려서 밖에선 안 보이게 하고 서 있는 거예요. 그래서 당신은 나를 볼 수 없지. 난 당신을 보지만. 당신은 뜨락 문을 삐거덕 열고 나서면서 창

피해서 주위를 두리번거리지. 그러다가 호수께로 나가는 오른쪽 길로 접어들어요. 동네로 나가는 왼쪽 길엔 사람이 보이니까. 그렇게 호수 쪽으로 가노라면 낯선 개 한 마리가 코를 킁킁거리며 당신 뒤를 따라가지. 그건 내가 당신 보따리에 불쌍해서 가다 먹으라고 순대를 한 덩이 넣어줘서 그 냄새를 맡고 그러는 거예요. 하지만 당신은 보따리에 순대가 있는 걸 모르기 때문에 왜 개가 자꾸 쫓아오는지 몰라. 그래 바지에다 모르는 사이에 뭘 싸지나 않았나 하고 가랑이를 한 손으로 만져 보기도 하지."

"집어 치워!"

사내는 얼굴을 잔뜩 찌푸리고 소리를 지른다. 눈물까지 질금거리는 것은 저녁나절부터 술 탓인지도 모른다.

"왜 애매한 개까지 끌어들이는 거야? 개가 우리하고 무슨 상관이 있어?"

아낙은 피식 웃는다.

"왜요, 못 견디겠어요?"

그러면서 그녀는 그가 술을 따라주도록 자신의 술잔을 내민다.

"그 말 같지 않은 수작 당장 그걸 걷어치우지 못하겠어?"

사내는 술을 따라주며 고함을 질러댄다. 그러나 아낙은 끄덕하지 않고 말을 이어간다.

"하지만 어쩌면 내가 당신을 버리고 나갈지도 몰라. 누가 알아요? 정말 내가 나가버리고 말지, 안 그래요?"

"흥, 그래 가지군 서커스단에서나 임종을 하겠군."

사내는 아낙의 나중 말에 기운이 솟는다.

"당신 같은 뚱보를 써줄 곳이 서커스단밖에 더 있겠어. 그래도 애들은 에미가 없어졌다고 한동안 당신을 찾을 거야. 엄마가 어디 갔느냐고. 애들이 불쌍해서 나도 당신을 찾겠지. 그렇지만 찾을 수 없지. 당신은 서커스단엘 들어간 것이니까. 그래서 세월이 얼마쯤 지났을 때 한 오륙 년쯤, 임자가 속해 있는 서커스단이 우리 동네로 오지. 아이들이 구경을 가지고 졸라대서 난 아이들과 같이 구경을 가보지. 우리는 새 셔츠에 예쁜 조끼를 입고 관람석에 점잖게 앉아 구경을 하지. 그러면 당신은 비쩍 마른 마술사의 조수로 등장을 해요. 그 뚱뚱한 체구를 해 가지고 삐삐 갈비씨에게 집비둘기 따위를 내주고 받는 당신 모습을 몰라보는 거거든. 하지만 난 당신을 알아보지. 아이들은 배꼽을 잡아요. 애들이 이미 당신을 몰라보는 거야. 하지만 난 당신을 알아보지. 그래서 눈물을 흘려요. 불쌍해서. 그렇지만 아이들한텐 아무 말 않지. 저게 너희들 에미라고 했다간 애들이 얼마나 슬프겠는가 말이야. 그러니까⋯⋯."

사내는 신이 나서 킬킬거린다. 아낙의 술잔을 잡은 손이 바르르 떨린다. 눈물이 왈칵 쏟아져 나온다.

"왜 하필이면 마술사 조수로 취직을 시키는 거예요?"

아낙은 소리 지른다.

"집어 치워요!"

"하지만 임자가 집을 나가서 할 일이 그런 것밖에 더 있겠어?"

사내는 의기양양하다. 그가 이긴 것이다. 그러나 아낙은 포기하지 않는다. 반격을 가해온다.

"홍, 당신이 생각해 본다는 건 기껏 자기 여편네를 서커스단으로 팔아먹은 거겠지. 맞아요. 하지만 당신도 결국은 죄를 받아 서커스단으로 들어가게 되고 말걸요. 틀림없어. 그래서 어느 날엔 내가 있는 서커스단과 당신이 속해 있는 서커스단이 한 동네에서 만나게 되지. 하지만 우리 서커스단은 돈벌이가 잘 되고, 당신네 서커스단은 다 망해가는 서커스단이야. 게다가 우리와 같은 곳에 판을 벌이게 되니 당신네 쪽엔 찾는 사람이 없지. 그래서 파산을 해. 우리 단장은 당신네가 불쌍해서 가서 이것저것 사주지. 그네랑 곰이랑 뭐 그런 걸. 나도 그 자리에 같이 갔다가 다 사고 돌아서려고 할 때 말하지, 우리 단장한테. '저 단장님, 저기 저 늙은이도 사주죠. 어릿광대로는 아직 쓸 만도 할 것 같잖아요.' 그러자 당신네 단장이 거들고 나서요. '그러문요, 이 늙은이는 어릿광대로는 최고입니다. 힘이 없어 픽픽 자빠지는 걸 보면 안 웃는 아이가 없어요. 어른들도 웃어요.' 당신은 날 애원하는 눈길로 바라보지. 왜냐하면 우리 단장은 송장을 칠 생각은 없는 얼굴이거든."

사내와 아낙은 충혈된 눈으로 서로 노려본다. 아낙의 눈에 승리의 빛이 감돈다.

"사세요, 단장님, 제가 뒤는 책임질게요, 하고 내가 말을 해주지. 당신 꼴이 너무 불쌍해서. 단장은 내가 책임진다는 조건하

에이빈드 욘손

에 당신도 사들여요. 하지만 당신은 우리하고 같이 가지도 못해. 너무 쇠약해져 있어 몇 걸음 따라오다가 푹 꺼꾸러지고 마는 거야. 그게 당신의 마지막이지."

그러나 그쯤 되자 아낙의 눈에서는 승리의 빛 대신 그 불쌍한 정경에 눈물이 왈칵 스며 올라온다. 사내는 입을 삐쭉거린다.

"그래, 좋다. 날 그렇게 죽게 하고 어서 임자나 그 돈 잘 버는 서커스단에서 잘 살아라! 임자가 처먹고 생각한다는 게 그 따위밖에 더 있겠어!"

사내는 너무 비감해져서 소리도 크게 지를 수 없다.

"흥, 멀쩡한 사람을 먼저 서커스에 취직시킨 게 누군데?"

아낙도 제풀에 비감해져서 우는 소리가 나온다.

"자기가 날 먼저 그렇게 해놓구선 오히려 날 야속하다고 하고 있어! 난 그 따위 서커스단은 아무리 돈을 잘 번대도 일 없어! 난 집이 제일이야!"

"뭐라고? 내가 먼저 시작했다고? 날 집에서 먼저 내쫓은 게 누군데 그 딴 소리야? 당신이 날 먼저 낙엽이 우수수 떨어지는 밖으로 보따리를 하나 들려 가지고 내쫓았잖아. 게다가 개까지 한 마리 따라오게 해놓구선!"

아낙은 자기가 너무 했구나 싶다. 그러나 버틴다.

"당신이 날 먼저 건드렸으니까 내가 그랬겠지. 괜히 그랬겠어요!"

"여하튼 난 임자를 내쫓진 않겠어!"

"좋아요. 그럼 나도 당신을 내쫓진 않겠어요."

"당신은 벌써 날 내쫓았잖아!"

"그 얘긴 채 끝났던 게 아녜요."

"여하튼 내쫓았던 건 사실 아니야!"

"전, 당신을 다시 부를 거였어요."

"부른다고 내가 돌아갈 것 같아?"

"안 돌아오시겠어요, 그럼?"

"몰라, 얘기를 들어봐서 돌아갈 거면 돌아가는 거지."

그래서 아낙은 다시 이야기를 시작한다.

"당신은 호수 쪽으로 갔어요."

"잠깐, 그 개는 어떡허구?"

"개는 빼겠어요."

"아까 나왔어. 아까 있던 게 지금 없다면 말이 돼?"

"좋아요. 개도 등장시키겠어요. 개는 당신 뒤를 쫓아가지요. 그렇지만 그 순대 냄새가 자기 몫으로 오기엔 너무 맛있는 물건인 줄 알고 몇 발짝 따라가다가 돌아서고 말아요."

"갓 쪄낸 순댄가부지?"

"그럼요. 아주 갓 쪄낸 순대죠."

"그래서? 그래서 어떻게 돼?"

"당신은 호숫가에서 정든 집을 다시 한 번 돌아보죠."

"그러군?"

"그러곤 보트에 오르죠. 하지만 그때 담배를 잊고 나온 걸 알아요. 그래서 어떻게 할까 망설이고 있는데 제가 담배를 가지

에이빈드 욘손

고 쫓아 나오죠. 당신은 담배를 뽑아 물어요."

"내가 성냥을 가지고 있나?"

"아뇨, 성냥도 가지고 있지 않아요."

"당신이 성냥도 가지고 나왔나?"

"내가 왜 성냥을 가지고 나가요?"

"그럼 담배를 어떻게 태우라고?"

"집에 와서 태우면 될 거 아녜요?"

"집에 와서 담배를 태우고 나면?"

"그땐 제가 못 나가게 잘해 드리지요, 뭐"

"흠, 어지간히 잘 해주지 않곤 힘들 걸."

"아주 잘해드릴 거예요. 전."

그러나 농사철이 되기엔 아직도 이른 봄이었다.

오스카 와일드

오스카 와일드 1854-1900

그는 아일랜드 부유한 가정에서 태어나 트리니티 대학과 옥스퍼드에서 공부했다. 뛰어난 재능으로 문학계에 화려하게 데뷔했고 그리스문학에 심취했으며 유창한 언변과 타고난 재치로 유명인사가 되었다. 생애의 마지막 시기에 스캔들로 인해 감옥생활을 한 후, 파리에서 비참하게 삶을 마감했다. 그럼에도 그는 어떤 작가들보다 가장 순수하고 아름다운 작품들을 남겼다. 사회적으로 보자면 범죄인으로서 몰락했다지만 다른 관점으로 보면 자신이 창조해낸 동화의 주인공처럼 사랑을 위해 모든 것을 바친, 도시 위로 높이 솟은 기둥 위에 서 있는 「행복한 왕자」 이미지를 스스로 획득했다고 볼 수 있다.

나이팅게일과 장미
The Nightingale and the Rose

"그 아가씨는 붉은 장미꽃 한 송이만 가져다주면 나와 춤을 추겠다고 했어. 하지만 나에겐 붉은 장미꽃이 없구나." 젊은 학생이 소리쳤다.

그 말을 들은 나이팅게일이 참나무 둥지에서 나뭇잎 사이로 밖을 내다보았다.

"내 정원 어디에도 붉은 장미꽃은 없어!"

학생은 눈물로 두 눈을 글썽이며 한탄했다.

"아, 행복이란 게 이렇게 하찮은 것에 달려 있다니! 현자들의 책을 다 읽고 철학의 모든 비밀을 다 알아도 붉은 장미꽃 한 송이가 없어 내 인생이 비참해졌으니 말이야."

"여기 진실한 사랑을 하는 청년이 있네!" 하고 나이팅게일이 감탄했다. "누군지도 모르면서 밤이면 밤마다 노래하고, 밤이면 밤마다 별들에게 이야기를 했는데, 이제 그런 이가 내 앞에 나타났군. 머리는 히아신스 꽃처럼 검고, 입술은 장미처럼 붉고, 하지만 열정이 그의 얼굴을 상아처럼 창백하게 만들고, 슬픔은 그의 이마에 깊은 도장을 찍고 있네."

"내일 밤 궁전에서 무도회가 열리지." 젊은 학생이 중얼거렸다.

"내가 사랑하는 아가씨도 그 무도회에 올 거야. 내가 붉은 장미를 가져가면 그녀는 새벽까지 나와 춤을 출 텐데. 붉은 장미를 가져다주면 그녀는 내 품에 안기겠지. 내 어깨에 머리를 기댈 것이고, 우린 서로 손을 잡을 거야. 하지만 내 정원에 붉은 장미가 없으니, 나는 그저 외롭게 앉아 있을 테고, 그녀는 내 곁을 지나칠 거야. 그러면 내 가슴이 찢어지고 말거야."

"여기 정말로 진실한 사랑을 하는 이가 있네?" 나이팅게일이 말했다.

"내가 노래하는 것도 그를 괴롭게 할지 몰라. 노래를 부르는 건 나에겐 기쁨이지만 그에게는 고통이 될 지도. 사랑은 정말 놀랍구나. 에메랄드보다 소중하고 오팔보다 귀하지. 진주와 석류석으로도 살 수 없어. 시장에도 없고 상점에도 없지."

"악사들이 회랑의 연주석에 앉아 있을 거야." 젊은 학생이 또 상상하며 말했다. "그들이 현악기를 연주하면 내 사랑은 하프와 바이올린 소리에 맞추어 춤을 추겠지. 그녀의 춤은 날아갈 듯이 가벼워서 발이 바닥에 닿지도 않고, 화려한 옷을 입은 구애자들이 곁에 가득 모여들 테지. 하지만 그녀는 나하고는 춤을 추지 않을 거야. 내겐 붉은 장미꽃이 없으니까."

그는 풀밭에 몸을 던지고는 두 손에 얼굴을 묻은 채 울었다.

"왜 우는 거지?"

그때 초록 도마뱀이 꼬리를 하늘로 치켜들고 풀밭을 지나가다 물었다.

"아니, 왜 울어?" 나비가 햇빛을 쫓아 날개를 파닥거리며 물었다. '

"정말 왜? 우는 거야?" 데이지 꽃이 이웃에게 낮고 부드러운 목소리로 속삭였다.

"붉은 장미 때문에 울고 있는 거야." 나이팅게일이 말했다.

"붉은 장미 때문에?" 그들이 일제히 소리쳤다.

"에잇, 말도 안 돼! 웃기는 군!" 평소에도 냉소적인 작은 도마뱀이 노골적으로 비웃었다.

하지만 젊은 학생의 슬픔의 비밀을 이해한 나이팅게일은 밤나무에 조용히 앉아서 사랑의 신비에 대해 생각했다.

갑자기 나이팅게일은 갈색 날개를 펴고 하늘로 날아올랐다. 그리고 그림자처럼 나무들 사이를 지나고, 그림자처럼 정원을 미끄러졌다.

풀밭 한가운데에 아름다운 장미나무가 있었다. 나이팅게일은 그리로 곧장 날아가 작은 가지 위에 내려앉았다.

"내게 붉은 장미꽃 한 송이를 주렴. 그러면 더없이 감미로운 노래를 불러 줄게." 나이팅게일이 말했다.

그러나 그 장미나무는 고개를 저었다.

"내 장미꽃은 하얗단다. 바다 거품처럼 하얗고 산꼭대기 눈보다 하얗지. 하지만 오래된 해시계 주변에 있는 내 형제한테 가보면 혹시 네가 원하는 걸 구할 수 있을지도 몰라."

그래서 나이팅게일은 낡은 해시계 곁에 자라는 장미나무로 날아갔다.

"내게 붉은 장미 한 송이를 주면 너에게 더없이 감미로운 노래를 불러 줄게."

나이팅게일의 말에 그 장미나무는 고개를 저었다.

"내 장미꽃은 노랗단다. 호박색 왕좌에 앉은 인어의 머리카락만큼 노랗고, 풀 베는 이가 오기 전에 초원을 수놓고 있는 수선화보다도 노랗지. 하지만 젊은 학생의 창문 아래 자라는 우리 형제에게 가보면 네가 원하는 걸 구할 수 있을지 몰라."

그래서 나이팅게일은 학생의 창문 아래서 자라는 장미나무에게 날아갔다.

"붉은 장미 한 송이를 주려무나. 그러면 세상에서 더없이 달콤한 노래를 불러 줄게."

나이팅게일이 말했다. 하지만 그 장미나무는 고개를 흔들었다.

"내 장미꽃은 붉단다. 비둘기 발만큼 붉고, 바다 속 산호 군락보다도 붉지. 하지만 겨울이 내 핏줄을 얼리고, 서리가 내 싹을 자르고, 폭풍이 내 가지를 꺾었기에, 올해는 장미꽃을 피울 수가 없었어." 나무가 대답했다.

"오직 장미 한 송이만 있으면 돼. 딱 한 송이만!" 나이팅게일

오스카 와일드

이 울부짖었다. "구할 방법이 없겠니?"

"있기는 있지." 나무가 대답했다. "하지만 그건 너무 끔찍해서 너에게 말할 수가 없어."

"말해 줘." 나이팅게일이 말했다. "나는 겁나지 않아."

"만일 붉은 장미꽃을 원한다면," 나무가 말했다. "달빛 아래에서 네 노래로 꽃을 붉게 만들어, 네 심장의 피로 물들여야 돼. 가시를 너의 가슴에 박고 밤새 노래를 불러야 돼. 밤새도록 노래를 부르면 나의 가시가 네 심장을 파고들어 갈 거야. 그러면 너의 심장의 피가 잎맥을 타고 흘러들어와 내 것이 되는 거지."

"죽음을 대가로 붉은 장미를 얻을 수 있다 해도 좋아." 나이팅게일이 말했다. "생명은 누구에게나 소중하지. 푸른 숲에 앉아 노래를 부르는 것도, 황금 전차를 타고 지나가는 태양을 보는 것도, 진주 빛 달을 바라보는 일도 즐거워. 산사나무 향기는 달콤하고, 골짜기 초롱꽃도 달콤하지. 바람에 날리는 언덕의 히스꽃 향도 달콤해. 하지만 사랑은 삶보다 더 귀한 것이지. 인간의 심장에 비하면 새의 심장이 무슨 대수겠어?"

나이팅게일은 갈색 날개를 펴고 하늘로 솟구쳐 올라, 그림자처럼 정원을 지나고 그림자처럼 나무들 사이를 통과했다.

젊은 학생은 나이팅게일이 아까 본 모습대로 풀밭에 엎드려 있었고, 그의 아름다운 두 눈에는 여전히 눈물이 고여 있었다.

"걱정 말아요. 걱정 말아요." 나이팅게일이 말했다.

"당신에게 붉은 장미가 생길 거예요. 내가 달빛 아래에서 노래를 불러 꽃을 만들고, 그 꽃을 저의 심장의 피로 물들여 줄게요. 대신 저는 당신이 진실한 사랑을 하는 사람이 되기를 바랍니다. 철학은 현명하지만 사랑이 더 현명하지요. 권력은 강하지만 사랑이 더 강하기 때문이에요. 사랑의 날개는 불꽃 빛깔이고, 사랑의 몸도 불꽃같은 색이지요. 사랑의 입술은 꿀처럼 달콤하고 사랑의 숨결은 유향과 같답니다."

젊은 학생은 풀밭에서 고개를 들고 나이팅게일의 이야기를 들었지만 그 말을 이해하지는 못했다. 그는 책에 적힌 것만을 알았기 때문이다. 하지만 참나무는 그 말을 알아듣고는 슬퍼했다. 자기 가지에 둥지를 튼 나이팅게일을 아끼고 사랑했기 때문이다.

"나에게 마지막 노래를 해주렴." 참나무가 속삭였다. "네가 떠나면 나는 아주 외로울 거야."

나이팅게일은 참나무에게 노래를 불러주었다. 그 소리는 은쟁반에 옥구슬이 굴러가듯 청아하고 아름다웠다.

나이팅게일이 노래를 마치기가 무섭게 학생은 자리에서 일어나더니 주머니에서 공책과 연필을 꺼냈다. 그리고는 작은 숲 사이로 걸어가며 혼잣말로 중얼거렸다.

"노래는 멋지네. 부정할 수 없지. 하지만 나이팅게일도 감정을 가지고 있을까? 아무래도 아닌 것 같아. 나이팅게일은 뭇 예술가들처럼 겉만 화려하고 진실함은 없을 거야. 다른 사람을 위해 희생하진 않을 거야. 그녀가 생각하는 건 오직 음악뿐이니까. 예술가가 이기적이라는 건 모두가 알지. 나이팅게일의 목소리가 아름답다는 건 인정해. 저 아름다운 가락이 아무런 의미도, 쓸모도 없다니, 참 안타까운 일이야."

학생은 자기 방으로 들어갔고, 간이침대에 누워 자신의 사랑을 생각했다. 그리고 잠시 후에 잠이 들었다.

달이 천공에 빛나자 나이팅게일은 장미나무로 날아가서 가시에 가슴을 댔다. 밤새도록 가시에 자기 가슴을 대고 노래를 불렀다. 차갑고 투명한 달이 몸을 구부려 나이팅게일의 노래를 들었다. 밤새도록 나이팅게일은 노래를 불렀고, 장미의 가시는 그의 가슴으로 점점 더 깊숙이 박혀 갔다. 점차 생명의 피가 나이팅게일 몸에서 빠져나가고 있었다.

나이팅게일은 처음에는 한 소년과 소녀의 가슴에서 자라나는 사랑을 노래했다. 노래가 이어지자 장미나무 꼭대기에 있는 가지에서 꽃잎이 하나하나 생겨나면서 아름다운 장미가 피어났다. 꽃잎들은 강물 위에 걸린 안개처럼 신비로웠다. 아침 발끝처럼 창백하고, 새벽 날개처럼 영롱했다. 은빛 거울에 비친 장미 그림자처럼, 물웅덩이에 비친 장미 그림자처럼, 꼭대기 가지에 피어난 꽃 또한 그랬다.

그러나 장미나무는 가슴을 가시에 더 깊이 대고 누르라고 소리쳤다.

"작은 나이팅게일아, 몸을 더 세게 눌러. 아니면 장미꽃이 완성되기 전에 아침이 밝을 거야."

나이팅게일은 가시에 가슴을 더 깊이 눌렀다. 노랫소리는 점점 커졌다. 한 남자와 여자의 영혼 속에서 피어나는 열정을 노래하고 있었다.

그때, 꽃잎에 희미한 분홍빛이 감돌기 시작했다. 신부의 입술에 키스하는 신랑의 얼굴처럼 홍조가 떠올랐다. 하지만 아직 가시가 나이팅게일의 심장에 이르지 않아 장미꽃은 여전히 흰색이었다. 나이팅게일의 심장의 피만이 장미를 붉게 물들일 수 있었다.

나무는 나이팅게일에게 가슴을 가시에 더 깊이 대고 누르라고 소리쳤다.

"더 깊이 눌러야 돼, 작은 나이팅게일. 아니면 장미꽃이 완성되기 전에 아침이 밝을 거야."

그래서 나이팅게일은 가시에 가슴을 더 깊이 대고 눌렀다. 마침내 가시가 나이팅게일의 심장에 닿았다. 나이팅게일은 온몸을 관통하는 격렬한 고통을 느꼈다. 고통은 점점 깊어지고 노래는 점점 커졌다. 죽음으로 완성되고, 무덤에서도 죽지 않는 사랑을 노래하고 있었기 때문이다.

마침내 장미꽃이 동녘 하늘처럼 붉게 피어났다. 가장자리 꽃잎 받침대도 진홍색이고 꽃잎 심장부도 루비처럼 진홍빛이었다.

하지만 나이팅게일의 소리는 이제 가늘어졌고, 작은 날개도 힘없이 퍼덕였고 그의 눈도 엷은 막이 덮힌 듯 뿌예졌다. 노래는 점점 희미해지고 나이팅게일은 목이 조이며 숨이 막혀오는 어떤 순간을 느꼈다.

마지막 힘을 다해 나이팅게일은 노래를 쏟아냈다. 창백한 달은 그 노래를 듣느라 새벽이 온 것을 잊고 하늘에 남아 있었다.

오스카 와일드

붉은 꽃은 끓어오르는 황홀감으로 몸을 떨며 차가운 아침 공기 속에 꽃잎을 모두 열어젖혔다. 메아리의 신 에코가 노래를 언덕의 자줏빛 동굴로 날아가 단잠을 자고 있는 양치기들을 깨웠다. 나이팅게일의 마지막 노래는 강변의 갈대숲을 지나갔고 갈대들은 바다에 그 노래를 전했다.

장미나무가 소리쳤다.

"여기 좀 봐! 여기! 장미가 완성됐어."

하지만 나이팅게일에게선 아무런 말도 들리지 않았다. 가슴에 가시가 박힌 채 죽어 풀밭에 쓰러져 있기 때문이었다.

정오가 되자 학생이 창문을 열고 밖을 내다보고는 소리를 크게 질렀다.

"아, 세상에 이런 행운이? 여기 붉은 장미꽃 한 송이가 있잖아! 평생 이렇게 아름다운 장미는 처음이야. 이토록 아름다우니 분명 긴 라틴어 학명이 있을 거야."

그는 창밖으로 허리를 숙여 장미를 땄다. 그리고는 모자를 쓰고 손에 장미꽃을 들고는 교수의 집으로 달려갔다.

교수의 딸은 문 앞에 앉아 물레에 푸른 비단 실을 감고 있었다. 발치에는 작은 강아지 한 마리가 누워 있었다.

학생이 그녀에게 말했다.

"붉은 장미꽃 한 송이를 가져다주면 나하고 춤을 추겠다고 했지요? 여기 세상에서 가장 붉은 장미꽃을 가져왔어요. 오늘 밤 당신은 가슴에 이 장미꽃을 달고 나와 춤을 춥시다. 내가 당신을 얼마나 사랑하는지 말해주겠어요."

하지만 처녀는 얼굴을 찌푸렸다.

"그 꽃은 내 드레스하고 안 어울릴 것 같네요." 그녀가 대답했다. "게다가 장관의 조카는 진짜 보석을 보냈는데, 보석이 꽃보다 훨씬 비싸다는 건 세상이 다 아는 일이죠."

"아, 세상에 고마움을 모르다니! 그대는 정말 무정하군요."

학생은 이렇게 말하고는 화를 버럭 내며 장미꽃을 길바닥에 던져버렸다. 장미꽃은 배수로에 빠졌고 마차 수레바퀴가 그 위로 지나갔다.

"무정하다고요!" 처녀가 말했다. "그러는 당신은 무례하기 짝이 없군요. 당신이 도대체 뭐예요? 겨우 학생이잖아요. 당신이 장관의 조카처럼 구두에 은장식이나 달고 있나요?"

그러더니 그 처녀는 의자에서 일어나 집안으로 들어가 버렸다.

"오 사랑이란 얼마나 어리석은 것인가." 학생이 집 앞을 떠나면서 한탄했다.

"논리의 반만큼도 유용하지 않아. 아무것도 증명하지 못하니까. 그리고 사랑은 언제나 일어나지 않을 일들만 말하고, 진리가 아닌 것을 믿게 만들지. 사실 사랑은 너무도 비실용적이야. 지금 같은 시대에는 실용이 전부야. 나는 철학으로 되돌아가 형이상학이나 연구해야겠다."

학생은 이렇게 중얼거리며 방으로 돌아가 먼지에 덮인 큰 책을 꺼내 읽기 시작했다.

오스카 와일드

누군가의 사랑을 위해서

자기 생명을 바친 나이팅게일의 진실한 사랑

그리고 바로 그 순간

나이팅게일의 붉은 피로 피워낸 붉은 장미

진정한 노래인 예술은 노래하려는 것과의

완전한 일치를 요구한다

그것을 기꺼이 하려는 자의 열정과 고귀한 추구가 있기에

피워낼 수 없는 꽃을 이 세계로 불러낸다

그 꽃은 장미이고 나이팅게일

깊은 본질이 빚어낸 가시적 현상

하지만 세계는 탐욕과 어리석음으로 눈 어두운 곳

한 생명과 바꾼 유일한 그 꽃은 배수로에 버려졌다

그러나 어쩌면 나이팅게일의 예술은 그 순간

완성되는 것인지도 모르겠다

현실에선 무용해 보이는 순수한 절정의 아름다움
그 비극을 본다

알아보지 못한 이에겐 그저 세상의 꽃 중 하나일 뿐이지만
이 순간에도 알 수 없는 어떤 이유로
나이팅게일에서 붉은 장미가 되는 신비로운 사건은 일어나
지상을 밝히는 **빛의 노래**가 되고 있으리

오스카 와일드

조지프 러디아드 키플링

무하마드 딘의 이야기
슈산의 유대인들

조지프 러디아드 키플링 1865~1936

그는 유년시절을 인도에서 보냈고 동양을 진심으로 사랑했다. 후대에 동화작가 또는 제국주의의 신봉자로 오해되고 있으나 결코 합당한 타이틀이 아니다. 실은 그는 대영제국의 시인으로 추앙받을 정도도 유명했으며 영국 작가로서 최초로 노벨문학상을 받은 작가였다. 그는 막대한 문학적 유산을 후대에 남겼다. 20세기를 통틀어 동서양을 예리한 통찰과 균형 있는 시선으로 바라보았으며 두 문화를 깊이 이해하고 통섭할 수 있었던 작가이다.

무하마드 딘의 이야기
The Story of Muhammad Din

누가 행복한 사람인가?
『무나찬드라』

폴로공은 오래된 것으로 낡고 바람이 빠져 쭈그러진 상태였다. 그것은 하인 이맘 딘이 청소해주고 있는 벽난로 위에 놓여 있는 파이프대 사이에 끼여 있었다.

"나리께서는 이 공이 필요하십니까?"

이맘 딘이 공손하게 물었다.

물론 필요하지 않았지만 나는 왜 그가 난데없이 그런 질문을 하는지 의아스러웠다.

"나리께서 허락하신다면 청이 있습니다. 제게 어린 아들이 있습죠, 그 녀석이 이 공을 보고서 가지고 놀고 싶어 합니다. 제가 필요한 건 아닙니다."

그 누구도 뚱뚱하고 늙은 이맘 딘이 폴로공을 가지고 놀고 싶어 한다고 상상할 수 없으리라. 하인 이맘 딘은 쭈그러진 공을 가지고 베란다로 나갔다. 곧 즐거운 비명소리가 폭풍처럼 밀려 왔고, 아이의 깡충깡충 뛰는 소리와 땅에서 공 구르는 소리가 들려왔다. 분명히 이맘 딘의 어린 아들은 저 보물을 갖고 싶어 문 밖에서 기다리고 있었을 것이다. 그런데 아이는 어떻게 그 공을 보았을까, 의문스러웠다.

다음 날이었다. 평소보다 사무실에서 삼십 분 일찍 퇴근한 나는 다이닝 룸에 자그마한 꼬마가 들어와 있는 것을 알게 되었다. 키가 작고 통통한 아이였는데 둥글게 튀어나온 배를 절반쯤 가리는 우스꽝스러운 셔츠를 입고 있었다. 아이는 엄지손가락을 입에 넣고 혼자 노래를 흥얼거리며 벽에 걸려 있는 사진들을 살펴보고 있었다. 이맘 딘의 '어린 아들'이 틀림없었다.

물론 그 아이가 다이닝 룸에 들어올 특별한 이유가 있을 리만무했다. 하지만 아이는 둘러보는 재미에 푹 빠져 있어 문턱에 들어서는 나를 의식하지 못했다. 내가 들어서자 아이는 기절초풍하듯 놀랐다. 너무 놀란 나머지 방바닥에 엉덩방아를 찧었다. 아이 눈이 크게 떠졌고 동시에 입도 크게 벌어졌다. 그 순간 나는 무슨 일이 벌어질지 알고서 그 방을 황급히 빠져 나왔다. 이어 내가 무슨 호령도 치기도 전에, 긴 하소연이 섞인 메마른 비명 소리가 하인들의 숙소에서 울려 퍼졌다. 십 초도 채 되지 않아 이맘 딘이 나타났다. 이어서 아이의 절망에 빠진 흐느낌이 들려왔고, 나는 다시 방으로 돌아가 어린 죄인을 나무라는 이맘 딘을 발견했다. 아이는 셔츠를 눈물 찍어내는 손수건으로 사용하고 있었다.

조지프 러디어드 키플링

"이 아이는," 이맘 딘이 재판이라도 하듯이 말했다.

"아주 나쁜 애입니다. 나중에 커서 틀림없이 감옥에 가게 될 겁니다."

그 말과 동시에 참회하는 자로부터 다시 울음 섞인 비명이 터져 나왔고, 이맘 딘으로부터는 아주 구구절절한 사죄가 끝없이 흘러나왔다.

"괜찮다고 아이에게 말해주세요." 내가 말했다. "전혀 화나지 않았다고요. 아이 일랑 어서 데려가세요."

이맘 딘은 내 용서를 죄인에게 전했고, 셔츠를 말아서 줄처럼 목에 두르고 있던 아이의 비명은 이제 간헐적인 흐느낌으로 잦아들었다. 부자가 문 쪽으로 걸어갔다.

"이 애의 이름은" 이맘 딘은 그 이름이 범죄의 일부라도 되는 양 말했다. "무하마드 딘이고, 아이에 불과합니다."

당장의 위험에서 자유롭게 된 무하마드 딘은 아버지의 품 안에서 고개를 돌리더니, 심각한 어조로 말했다.

"제 이름이 무하마드 딘인 것은 맞습니다. 하지만 사히브, 저는 아이가 아니라 남자입니다."

그날부터 나와 무하마드 딘의 교제가 시작되었다. 그는 그후 두 번 다시 다이닝 룸에 들어오는 일이 없었다. 하지만 마당이라는 중립의 땅에서 우리는 아주 엄숙하게 인사를 교환했다. 하지만 우리의 대화는 그가 "살람, 사히브"하고 말하면 내가 "살람, 무하마드 딘" 하고 대답하는 것이 전부였다. 내가 사무실에서 퇴근하여 집으로 돌아오면, 그 자그마한 하얀 셔츠와 통통한 어린 몸뚱아리는 담쟁이가 둘러쳐진 격자창 그늘에서 불쑥 나타나곤 했다. 나는 날마다 그곳에다 말을 매어 놓았는데 그럴 때면 아이에 대한 거르거나 그가 내게 어색한 인사를 하는 법이 없었다.

무하마드 딘은 친구가 없었다. 혼자 집 안팎을 돌아다니거나 피마자 덤불을 들락거리거나 하면서 뭔지 모르지만 스스로 알아서 놀았다. 어느 날 나는 마당 아래쪽에서 아이가 손수 만들어 놓은 작품을 발견했다. 그는 흙에다 폴로공을 절반쯤 묻어 놓고 그 주변으로는 시든 금잔화 여섯 송이를 둥글게 꽂아 놓았다. 또 원형 주위를 비뚤거리는 네모로 둘렀고 붉은 벽돌 조각과 깨어진 도자기 조각을 교대로 사용하여 장식해 놓았다. 그리고 또 다시 전체를 자그마한 흙의 둑으로 두르고 있었다. 마치 만다라 같았다. 정원 모퉁이에서 물을 주던 하인이 달려와 그 어린 건축가를 변호하면서, 이것은 어린아이의 장난에 지나지 않으며 내 마당을 별로 망쳐 놓지도 않았다고 물어보지도 않은 해명을 해댔다.

물론 나는 그 순간이든 나중이든 아이의 작품을 망칠 생각은 전혀 없었다. 그러나 그날 저녁 정원을 산책하다가 나는 무심결에 그 작품을 밟고 말았다. 그래서 금잔화와 흙의 둑과 장식된 비눗갑 조각들이 회복 불가능할 정도로 뭉개져 버렸다. 다음 날 아침, 나는 그 폐허 위에서 슬피 울고 있는 무하마드 딘을 발견했다. 누군가가 그에게 사히브가 매우 화가 나 있다고 잔인하게 말한 다음, 계속 욕을 하고 야단을 치면서 땅에 남아 있

조지프 러디아드 키플링

던 것들 죄다 흩뜨려 버렸다. 무하마드 딘은 약 한 시간에 걸쳐 흙의 둑과 도자기 조각들을 말끔히 치웠고, 내가 사무실에서 퇴근해오자 사죄하는 눈물 젖은 얼굴로 "살람, 사히브" 하고 말했다. 나는 그가 우는 이유를 급히 알아냈다. 그리하여 이맘 딘은 무하마드 딘에게 사히브의 특별한 호의로 마당에서 마음대로 놀 수 있다는 얘기를 전했다. 그러자 아이는 크게 기뻐하면서 금잔화와 폴로 공 건축물을 무색하게 만드는 더 멋진 건물의 도면을 땅에다 그리기 시작했다.

그 후 몇 달 동안, 이 어린 괴짜는 피마자 숲과 땅바닥에다 그만의 궤도를 그리면서 놀았고, 멋진 왕궁의 건축을 건설했다. 상여꾼들이 내던진 시든 꽃잎들, 물살에 닦인 조약돌들, 깨진 유리 조각들, 그리고 내 닭들에게서 뽑은 깃털 따위를 가지고 멋진 건축물을 지어냈다. 아이는 언제나 혼자였고 일을 하면서 부드럽게 흥얼거리며 노래를 불렀다.

어느 날 그의 건축물에 알록달록한 조개껍데기가 새롭게 등장했다. 나는 그가 평소보다 더 화려한 건축물을 지으려나 보다, 생각했다. 나의 예상은 틀리지 않았다. 그는 한 시간을 깊이 생각하는 듯하더니 곧 그의 흥얼거림은 환희의 노래로 바뀌었다. 그는 흙에다 표시를 하기 시작했다. 이번 것은 틀림없이 아주 멋진 왕궁이 될 것 같았다. 그것은 두 야드 이상의 길이와 한 야드의 넓이의 크기였다. 하지만 왕궁은 완성되지 못했다.

다음 날 나는 출근길에 평소처럼 마찻길 입구에 서 있을 무하마드 딘을 보지 못했고, 퇴근길에서도 "살람, 사히브" 소리를 듣지 못했다. 나는 서로의 다정한 인사에 익숙해져 있었으므로 마음이 조금 심란해졌다. 다음 날 일찍 이맘 딘은 내게 와서 아이가 열병을 좀 앓고 있어서 키니네가 필요하다고 말했다. 아이는 그 약을 얻었고 또 영국인 의사가 왕진을 갔다. 그 의사가 이맘 딘의 숙소를 나서면서 투덜댔다. "도무지 이 녀석은 체력이 없단 말이야."

일주일이 지났다. 나는 피하려고 상당히 노력했으나 무슬림 매장지로 가는 길에 이맘 딘을 만났다. 그는 어린 무하마드 딘의 시신을 싼 하얀 천을 양팔에 안고서 걸어갔고, 한 친구가 그 뒤를 따라갔다.

조지프 러디아드 키플링

왕국의 주인이 죽었다

상여꾼들이 던진 시든 꽃들과 깨진 유리조각

부서진 비눗갑 닭의 깃털들이 그가 건설하던

왕국의 자재였다

미완의 마지막 건축물은 알록달록한 조개껍데기들

완성되었다면

아마도 세상에 없던 오색의 바다가 탄생했을 것

아버지의 주인의 땅에서

그 주인의 친구였던 순수한 아이는

자기 세계의 주인

환희의 노래를 부르며

세상을 만드는 놀이 중에 죽은 작은 신

무하마드*라는 영원한 이름이 그의 것이다

* 무하마드 Muhammad: '찬미받은 이', '칭찬받은 이'라는 뜻임.

슈산의 유대인들

Jews in Shushan

최근에 사들인 가구는 무엇보다도 불안정했다. 의자 다리가 자주 빠졌고, 조금만 건드려도 테이블 상판이 흔들거렸다. 그러나 어쩌하랴, 이처럼 부실한 물건이었지만 이미 구입했기에 값을 지불해야 했다. 동네 고물상이며 대금 징수자인 에프라임이 영수증을 들고서 베란다에서 기다리고 있었다. 나의 무슬림 하인이 '에프라임, 야후디' 유대인이 왔다고 크게 말했으므로, 인간의 형제애를 믿는 에프라임은 하인이 이를 갈며 경멸조로 말하는 두 번째 이름을 들어야만 했다.

에프라임은 온유한 성품이었다. 너무도 온순해서 어떻게 저런 사람이 대금 징수자가 되었을까 의문이 들 정도였다. 그는 착하고 통통한 양을 연상시켰는데 목소리도 딱 그런 모습과 어울렸다. 하지만 그의 얼굴에는 어린아이처럼 감탄하는 표정이

고정불변의 가면처럼 새겨져 있었다. 만약 사람들이 그에게 대금을 지불하면 그는 즉시 그 부유함에 대해 감탄할 것이다. 만약 다음에 오라고 미루거나 하면 그는 냉정함에 당황한 것처럼 행동했다. 그처럼 그의 끔찍한 동포를 닮지 않은 유대인도 없으리라.

에프라임은 천으로 만든 슬리퍼를 신고 짧고 헐렁한 겉옷을 입었는데 그 옷에는 이교도적 무늬가 있어서 가장 용감한 영국 장교라도 두려움을 느끼며 피하려고 했을 것이다. 그의 말투는 느리고 신중했으며 누구에게도 불쾌함을 주지 않으려고 늘 조심하는 기색이었다. 시간이 한참 지나간 뒤에야 비로소 에프라임은 나를 친구처럼 대해주었다.

"이 도시 슈샨에 사는 우리 사람들은 여덟 명입니다. 우리는 열 명이 될 때까지 기다리고 있어요. 그러면 캘커타로부터 유대교 회당을 열 수 있는 허가를 받을 수 있거든요. 현재는 회당이 없어요. 그래서 저, 오로지 저만이 우리 사람들의 사제 겸 푸주한을 맡아 보고 있습니다. 전 유대 민족입니다. 그렇게 생각할 뿐 확신은 하지 못해요. 제 부친은 유다 부족 출신이었죠. 우리는 유대교 회당을 세우기를 간절히 소망합니다. 전 그 회당의 사제가 될 겁니다."

슈샨은 인구 1만이나 사는 인도 북부의 큰 도시다. 이 여덟 명의 선민들은 이 도시 한가운데 갇혀 살면서 시간이나 우연이 그들에게 정해진 숫자를 채워주기를 기다리고 있었다.

슈샨의 유대인 여덟 명은 에프라임의 아내 미리엄, 어린 두 아들, 친척이 남긴 고아 소년, 에프라임의 삼촌인 백발노인 자크라엘 이스라엘, 그의 아내 헤스터, 쿠치에서 온 유대인 히엠 벤저민, 그리고 사제 겸 푸주한인 에프라임이다.

그들은 대도시의 외곽에 있는 한 집에 같이 산다. 그 집은 쓰레기 더미 위에 세워져 있다. 초석과 썩은 벽돌 더미, 암소 떼, 물을 먹으려고 강가로 내려오는 동물들이 만들어 내는 먼지 기둥 따위가 주변 풍경이다. 저녁이면 도시의 아이들이 이곳으로 연을 날리기 위해 오지만 에프라임의 두 아들은 멀찍이 떨어져 그들의 놀이를 구경하기만 할 뿐 끼어들려고 하지 않았다. 집 뒤에는 벽돌로 둘러쳐진 조그마한 창고 비슷한 공간이 있었는데, 그 안에서 에프라임은 유대인 관습에 따라 일용할 고기를 준비했다. 한번은 그 네모꼴 공간의 문이 내부의 격렬한 갈등으로 인해 갑자기 열리는 바람에 푸주한 일을 하는 온순한 대금 징수자의 모습이 드러난 적이 있었다. 그의 콧구멍은 벌름거렸고, 입술은 이빨 뒤로 젖혀졌고, 양 손은 절반쯤 돌아버린 양을 거세게 잡고 있었다. 그는 헐렁한 겉옷이나 천으로 된 슬리퍼와는 전혀 상관없는 괴상한 의복을 입었고 입에는 칼을 물고 있었다. 그 창고 안에서 양과 거칠게 씨름하는 동안, 그의 숨소리는 짙은 흐느낌처럼 거칠었고 그의 성품이 완전히 바뀐 것 같았다. 신성한 푸주 작업이 끝나자 그제야 그는 벽돌 공간의 문이 열려져 있는 것을 보고서 황급히 닫았으며 그 과정에서 그의 손은 문지방에 붉은 표시를 남겼다. 이러는 동안 바로 옆 옥상에 있던 그의 두 아들은 두려움에 질려 눈을 동그랗게

조지프 러디아드 키플링

뜨고 그 광경을 내려다보았다. 종교적 임무를 수행하느라고 바쁜 에프라임의 모습은 아무도 두 번 다시 보고 싶지 않은 것이었다.

슈샨에 여름이 왔다. 땡볕은 다져진 쓰레기 땅을 쇠처럼 달구었다. 그리고 도시에 질병을 가져왔다.

"질병은 우리를 건드리지 않을 거야." 에프라임이 자신 있게 말했다. "겨울이 오기 전에 우린 회당을 가지게 될 거야. 내 형과 형수와 조카들이 캘커타에서 오기로 했거든. 그러면 나는 회당의 사제가 될 것이야."

자크라엘 이스라엘 노인은 무더운 저녁에는 밖으로 나와 쓰레기 더미 위에 앉아서 시체들이 들것에 실려 강가로 내려가는 것을 구경했다.

"질병은 우리 가까이 오지 않을 거야."

자크라엘 이스라엘이 힘없는 목소리로 말했다. "우리는 하느님의 사람이니까. 그리고 내 조카는 우리 회당의 사제가 될 거야. 남들이야 죽든 말든."

그는 집 속으로 다시 기어들어가 이교도들로부터 격리되기 위해 문을 닫아걸었다.

그러나 에프라임의 아내 미리엄은 창문을 통하여 들것에 실려 강가로 내려가는 시체들을 내다보고서 두렵다고 말했다. 에프라임은 앞으로 생기게 될 유대교 회당의 희망으로 아내를 위로했다. 그런 후 그는 평소처럼 대금을 징수하러 다녔다.

어느 날 밤 그의 어린 두 아들이 죽었다. 다음 날 아침 일찍 에프라임은 그들을 매장하였다. 그들의 죽음은 시청 보고서에 기록되지도 않았다. "슬픔은 언제나 나의 것입니다." 라고 에프라임은 말했다. 그가 볼 때, 이것만으로도 거대하고 번성하고 강력한 제국의 위생 규정을 경멸할 충분한 이유가 되었다.

에프라임과 그의 아내의 호의에 의지하여 살아온 고아 소년은 조금도 고마워할 줄 모르는 망나니 놈이 틀림없었다. 그 소년은 보호자들에게 돈을 좀 달라고 애걸한 다음, 목숨을 건지기 위해 그 고장에서 도망쳤다. 아이들이 죽은 지 일주일이 지난 후부터 미리엄은 밤중에 일어나 아이들을 찾기 위해 동네를 정처 없이 헤매며 돌아다니기 시작했다. 그녀는 모든 숲 뒤에서 아이들이 우는 소리를 들었고, 모든 들판의 물웅덩이에서 아이들이 물에 빠지는 소리를 들었다. 그녀는 간선 도로를 다니는 수레꾼에게 어린아이들을 훔쳐가지 말아 달라고 애원했다.

떠오르는 아침 태양이 그녀의 맨머리에 강하게 내리쬐었고 미리엄은 차갑고 축축한 농작물이 땅에 눕듯이 같이 누웠으며 다시는 돌아오지 않았다. 이틀 밤 동안이나 히엠 벤저민과 에프라임이 그녀를 찾아 다녔으나 아무 소용없었다.

에프라임이 아이처럼 경이로움을 표현하던 표정은 더욱 무거워졌다. 그럼에도 그는 곧 어떤 논리를 찾아냈다. 그가 내게 말했다.

"여기에 우리 사람들은 너무 적고 이곳 사람들은 너무 많습니다. 아마도 우리의 하느님이 우리를 잊어버리신 것 같습

조지프 러디아드 키플링

니다."

　자크라엘 이스라엘 노인과 헤스터는 집에 아무도 없다고 불평했고, 미리엄이 그들의 종족에 충실하지 못했다고 투덜댔다. 에프라임은 밖으로 나가 대금을 징수하는 일을 계속했다. 저녁이면 히엠 벤저민과 함께 담배를 피웠는데, 어느 새벽 벤저민은 제일 먼저 에프라임에게 진 빚을 갚은 다음 죽었다. 자크라엘 이스라엘과 헤스터는 빈 집에 종일 우두커니 앉아 있다가 저녁에 에프라임이 돌아오면 무기력한 울음을 울다가 지쳐서 잠이 들었다.

　일주일이 지났다. 에프라임은 옷과 취사도구를 넣은 무거운 보따리를 힘겹게 메고서 노인과 노파를 데리고 함께 기차역으로 갔다. 그곳의 소음과 혼잡스러움으로 노인들 훌쩍이고 징징댔다.

　"우리는 캘커타로 돌아갑니다." 에프라임이 말했고, 그의 소매에 헤스터가 아이처럼 매달려 있었다.

　"여기 우리 집은 비었지만 거기엔 우리 사람들이 많이 있지요."

　그는 헤스터를 도와 기차 칸으로 들어가게 한 후에, 고개를 돌리며 내게 말했다.

　"여기에 우리 사람이 열 명만 되었다면 나는 사제가 되었을 거예요. 정말 우리의 하느님이 우리를 잊어버리셨나 봅니다."

　풍비박산된 생존자들은 남쪽으로 가기 위해 기차역에서 출발했다. 한편 역사의 서가에 있는 책들을 넘겨보던 한 영국 장교는 혼자 '열 명의 어린 흑인 소년들' 노래를 휘파람으로 불고 있었다. 하지만 그 곡조는 엄숙한 장송 행진곡처럼 들려왔다.

그것은 슈샨의 유대인들을 위한 애도의 노래였다.

조지프 러디아드 키플링

인도 북부 도시 슈산의 유대인 여덟 명
그들은 일만 명의 사람들의 이방인
집은 쓰레기장 위에 세워져 있지만 그들이 열 명이
될 날을 꿈꾼다
그렇게만 된다면 공회당을 가질 수 있고
에프라임은 사제가 될 수 있다
그러나 어느 날 들이닥친
도시의 질병은 이방인을 구별하지 않았고
자식마저 잃어버리게 된 그들은 이제 세 명
신이 그들을 잊었다고 말하며 캘커타로 떠난다

사람이 가득한 도시 한가운데 갇혀서
열 명이 되기를 꿈꾸는 사람들
그들을 구분하는 세상의 배타적 기준들과
스스로를 격리시키는 이방의식
그 이중의 벽안에서 그들은 고단하고 고독하다

에프라임은 말한다

"슬픔은 언제나 나의 것입니다"

끝내 채워지지 않는 열 명

오지 않는 두 명은 누구이며 무엇인걸까

우리에게도 **오지 않는 두 명**이 있다

조지프 러디아드 키플링

사키

사키 1870-1916

자유분방한 상상력을 타고난 사키의 본명은 헥터 휴 먼로(Hector Hugh Munro)이다. '사키'라는 필명은 페르시아 시인 오마르 하이얌의 「루바이야트」 시에서 따온 '술을 따르는 하인'이라는 뜻이라고 한다. 그는 스코틀랜드 조상을 가진 영국인이었지만 미얀마의 아키아브에서 태어났다. 어머니가 암소의 공격을 받고 그 충격으로 유산한 끝에 사망하자, 노처녀인 두 고모 밑에서 엄격한 교육을 받으면서 자랐다. 제1차 세계대전이 선포되었을 때 이미 44세 나이였기에 입대할 수 없었으나 장교 임명도 거절하고 일반 병사로 자원입대를 했다. 1916년 하멜 솜 전투에서 전사했다. 신랄한 풍자와 간결한 문체로 주목받은 많은 단편을 후대에 남겼다.

네모 달걀
The Square Egg

분명 이 참호전에 참여한 군인과 가장 비슷한 동물은 오소리 같다. 칙칙한 코트를 입고 해질녘과 어둠 속에 활동하는 동물, 땅을 파고, 굴을 파고, 귀를 쫑긋 세우고, 불리한 상황에서도 몸을 최대한 청결하게 유지하고, 때로는 벌집구멍 투성이가 된 땅 몇 미터를 차지하려고 이를 악물고 싸우는 족제비과의 그 동물 말이다.

사실 오소리가 자기 삶을 어떻게 생각하는지 알지는 못한다. 유감스러운 일이다. 하지만 참호 속에 있는 병사도 스스로를 어떻게 생각하는지 모르는 건 마찬가지다. 여기에선, 의회, 세금, 사교모임, 경제, 지출, 그리고 문명이 가져다주는 천만가지의 공포는 멀게 느껴지고, 전쟁 자체도 그에 못지않게 비현실적으로 느껴진다. 이백 미터쯤 떨어진, 너저분해 보이는 황량

한 땅과 녹슨 철조망 너머에 적병이 엎드려 있다. 총알을 발사하려고, 잠시도 방심하지 않고 경계 태세를 취하며 맞은편 참호에 숨어 있는 적병의 존재는 아무리 머리가 둔한 사람일지라도 상상력을 자극시킬 수 있다. 그들은 몰트케, 블뤼허, 프리드리히 대왕, 위대한 일렉터, 발렌슈타인, 작센의 모리스, 곰이라고 불린 알버트, 작센의 비테킨트 장군 휘하에서 싸운 병사들의 후손이다. 그들이 그곳에서 우리와 대치하고 있다. 남자 대 남자로, 총 대 총으로.

이 전투는 아마도 근대사에서 놀랄만큼 가장 특별난 전투이겠지만, 놀랍게도, 우린 적에 대해서는 거의 생각하지 않는다. 적이 거기에 있다는 사실을 일초라도 잊는 것은 현명하지 않으리라. 그러나 사람의 마음은 적의 존재를 깊이 생각지 않는다. 적들이 따뜻한 수프를 마시고 소시지를 먹는지, 아니면 배고픔과 추위에 떨면서 문학 작품을 충분히 공급받고 있는지, 아니면 말로 표현할 수 없는 지루함에 넌더리를 내고 있는지 같은 건 거의 생각하지 않는다.

저쪽에 있는 적과 유럽 전역에서 벌어지고 있는 전쟁보다 훨씬 더 중요하게 생각하는 것은 바로 눈앞에 있는 진흙이다. 치즈가 치즈 진드기들을 꿀떡 삼키듯 이따금 우리를 삼켜버리는 진흙 말이다. 동물원에서 엘크 사슴이나 들소들이 진흙구덩이에 무릎까지 빠진 걸 바라보면서, 그렇게 더러운 진흙 속에 몇 시간 있으면 기분이 어떨까 하고 궁금하게 여긴 적이 있을 것이다. 이제 우린 그 기분을 안다. 폭이 좁은 참호 속에서 눈 녹은 물과 폭우가 얼은 땅 위로 갑자기 쏟아질 때, 주위의 모든 것이 캄캄할 때, 그래서 빗물이 줄줄 흐르는 진흙 벽에 의지하여 손으로 길을 더듬어 비틀 걸음으로 걸을 수밖에 없을 때, 참호 속으로 기어 들어가기 위해 수프처럼 걸쭉한 몇 센티미터의 길이의 진흙덩이 속을 두 손과 무릎으로 엉금엉금 기어가야 할 때, 깊은 구덩이 속 진흙 벽에 기대서서, 눈에 묻은 진흙을 털어내려고 눈을 깜빡이고 귀에서 진흙을 털어내고 진흙 묻은 이빨로 건빵을 씹을 때, 적어도 그때는 들소가 진흙 늪에서 뒹구는 것이 어떤 기분인지 철저히 이해할 수 있는 입장이 된다.

진흙에 대해 생각하고 있지 않을 때는 병사들은 아마도 '에스타미네'에 대해 생각하고 있을 것이다. '에스타미네'는 대부분 소도시나 마을에서 흔히 볼 수 있는 안식처다. 지붕이 없거나 버려진 집들을 임시변통으로 수리한 후에 시민 대신에 병사들을 새로운 고객으로 찾아낸다.

'에스타미네'는 일종의 술집과 카페의 합성물이다. 한쪽 구석에는 작은 바가 있고, 몇 개의 긴 테이블과 의자, 요리용 화덕 하나, 뒤쪽에는 대개 작은 식료품 가게가 있고, 항상 두세 명의 아이들이 뛰어다니다가 손님 발에 걸려 넘어진다. '에스타미네'의 아이들은 뛰어다닐 수 있을 만큼 크고 사람 다리 사이로 들어갈 수 있을 만큼 작아야 한다는 규칙이라도 있는 듯하다. 그럼에도 전쟁 지역 마을의 아이에게는 상당한 이점이 있는 게 분명하다. 아무도 아이한테 말쑥하고 깨끗해야 한다고 훈계하려 하지 않는다. '모든 것에는 자기 자리가 있으므로 모든 것을 제자리에 놓아두라'는 지겨운 격언이 있지만, 지붕의 대부분이 뒷마당에 놓여 있고 이웃집의 부서진 침실에서 날아온 침대틀이 순무 뿌리 더미 속에 반쯤 묻혀 있고, 포탄이 닭장 지붕과 벽을 날려 보내 닭들이 버려진 찬장 속에 보금자리를 틀고 있을 때는 아무도 그 격언을 강요할 수 없다.

이 마을의 술집에 대해 앞서 말할 때, 에스타미네가 포탄이 물어뜯은 거리의, 포탄이 갉아먹은 건물에 있지만 실은 사람들이 꿈꾸는 낙원이라고 암시하는 말은 하지 않았지만, 얼마 동안 단조로운 진흙과 흠뻑 젖은 모래주머니밖에 없는 황야에서 지내다 보면, 뜨거운 커피와 싸구려 와인을 마실 수 있는 이곳이야말로 축축하고 질척거리는 세계에서 위안을 주는 따뜻하고 아늑하고 편안한 곳이라 여겨진다. 참호에서 막사로 가는 병사에게 에스타미네는 유목민 카라반에게 쉼터가 되었던 숙사와 같다. 우연히 모인 사람들 속으로 들어갔다 나가고, 원한다면 남의 눈에 띄게 드나들 수도 있고, 눈에 띄지 않게 살짝 다녀갈 수도 있지만, 모두 똑같이 카키색 군복을 입고 각반을 두른 자기와 같은 부류의 무리 속에서는 누구나 초록빛 양배추 잎 위에 있는 초록색 애벌레처럼 남의 눈에 띄지 않을 수 있다. 자기 혼자, 또는 친구들과 함께 방해받지 않고 앉아 있을 수도 있고, 수다를 떨고 싶거나 남의 이야기를 듣고 싶으면 다양한 남자들이 실제 경험이나 즉석에서 지어낸 경험을 교환하고 있는 무리 속에서 쉽게 자리를 찾을 수 있다.

진흙 묻은 카키색 군복을 입은 병사들이 끊임없이 들락거릴 뿐만 아니라 현지의 민간인들, 통역관들, 온갖 종류의 사람들이 정규군 사병에서부터 전문가들, 이름을 알 수 있는 중간 부대의 정체 모를 사람들, 다양한 외국 군복을 입은 사람들까지도 에스타미네를 드나들었다. 그리고 물론 지구의 대부분 지역에서 평시에나 전시에나 쉬지 않고 작전을 벌이는 그 모험적인 사기꾼 무리들도 있다. 영국과 프랑스, 러시아와 콘스탄티노플 또는 아이슬란드에 가도 그런 이들을 만날 수 있겠지만.

나는 '행운의 토끼'라는 에스타미네에서 나이도 분명치 않고 모호한 군복을 입은 남자 옆에 앉게 되었다. 그는 성냥불을 빌리는 것을 정식 소개나 은행 구좌를 트는 것처럼 여기는 게 분명했다. 그는 지쳐 보였지만 쾌활한 분위기의 남자였다. 일시적으로 친하게 구는 듯하지만 먹이를 찾아다니는 까마귀 같은 표정을 짓고 있었다. 경험을 통해 항상 경계 태세의 신중함을 갖추고 있지만, 필요한 경우엔 뻔뻔스러울 만큼 대담해지는 부류였다. 코와 콧수염은 깊은 생각에라도 잠긴 것처럼 아래로 축 늘어졌고, 남몰래 곁눈질하는 버릇이 있었다. 그는 세상의 사기꾼이 소유하고 있는 이런 것들을 모두 갖추고 있었다.

"나는 전쟁 피해자이지요." 그가 먼저 예비 발원조로 그렇게 말을 던졌다.

"달걀을 깨뜨리지 않으면 오믈렛을 만들 수 없는 법이죠."

내가 그의 말에 대답했다. 나는 수십 제곱킬로미터의 황폐한 시골과 지붕 없는 집들을 목격한 사람답게 냉담한 어조로 말했던 것이다.

"달걀이라고요?" 그가 큰소리로 고함이라도 지르듯이 외쳤다.

"제가 방금 바로 달걀에 대해 말하고자 했던 참이었어요. 당신은 훌륭하고 가장 유용한 달걀의 큰 결점이 뭔지 아시나요? 시장에서 팔리고 요리에 쓰이는 평범하고 일상적인 달걀말입니다."

"빨리 부패한다는 것이 때론 달걀의 결점이지요." 나도 그를 슬쩍 떠보듯이 말을 던졌다. "미국은 오래 버틸수록 점점 더 존경할 만해지고 자존심도 강해지지만, 미국과는 달리 달걀은 끈질기게 버텨도 얻는 게 전혀 없지요. 그건 외려 프랑스의 루이 15세와 비슷해요. 루이 15세는 사는 동안 해가 거듭될수록 점점 대중의 인기를 잃었지요. 역사가들이 그의 기록을 잘못 전한 게 아니라면 말입니다."

"아닙니다." 남자는 진지하게 대답했다. "달걀의 문제는 시간이 아니라 모양입니다. 그 둥근 모양이 문제죠. 달걀이 얼마나 쉽게 구르는지 아시나요? 탁자에서, 선반에서, 가게 판매대에서 조금만 밀어도 달걀은 바닥으로 떨어져 깨져 버립니다. 가난한 사람들, 알뜰하게 절약하며 사는 사람들한테는 얼마나 큰 재난입니까!"

나는 그의 생각에 공감하듯 어깨를 으쓱해주었다. 여기서 달걀은 한 개에 프랑스 돈으로 6수스를 내야 살 수 있었다.

"아, 선생님!" 그가 갑작스레 나를 존칭어로 추켜 불렀다. 그러면서 자신의 말을 이어갔다.

"제 말을 좀 들어보십시오. 이건 제가 생각하고 머릿속에서 수없이 곱씹은 문제입니다. 가정에서 흔히 볼 수 있는 달걀의 기형 말입니다. 프랑스 남서부에 있는 제 고향 베르세-레-토르토에서 고모님이 자그마한 낙농장과 양계장을 하고 있지요. 그런대로 수입을 얻고 있어요. 저희는 가난하지는 않았지만 그래도 부지런히 일해야 하고 알뜰하게 절약해야 했습죠. 어느 날 우연히 암탉 한 마리가 보통 달걀처럼 둥근 모양이라고 생각할 수 없는 알을 낳은 걸 보았어요. 머리가 자루걸레처럼 생긴 우당종 암탉이었지요. 그 달걀은 네모라고는 할 수 없었지만 명확한 모서리를 갖고 있었습니다. 저는 특정한 암탉이 항상 특정한 모양의 달걀을 낳는다는 것을 알았습니다. 이 발견은 제게 새로운 자극을 주었지요. 만일 이 모난 알을 낳는 경향이 있는 암탉을 찾아 모두 모아놓고, 그 암탉들이 낳은 알에서만 병아리를 부화시키는 겁니다. 그리고 마침내 인내심과 모험심을 가지고 가장 네모난 달걀을 낳는 닭만 고르고 또 고르는 작업을 계속하면 결국에는 네모난 달걀만 낳는 새로운 품종의 닭을 만들어 낼 수 있을 겁니다."

"몇 백 년 뒤에는 그런 결과에 도달할 수 있을지도 모르지요. 아니, 몇 천 년이 걸릴 가능성이 더 높을 겁니다." 라고 내가 말했다.

"북부의 보수적이고 느려 터지고 굼뜬 당신네 암탉이라면 그럴지도 모르지요."

남자는 성급하고 약간 화난 듯이 말했다.

"하지만 우리 남부의 활발한 닭은 다릅니다. 들어보세요. 저희 마을의 양계장을 찾아다니면서 실험하고 면밀히 조사했습니다. 주변 도시의 시장도 샅샅이 찾아다녔지요. 네모난 달걀을 낳는 암탉을 발견할 때마다 사들였죠. 시간을 투자하여 똑같은 경향을 가진 닭을 모아 거대한 군집을 이루었어요. 그 닭들의 자손 중에서 정상적인 둥근 달걀과 가장 두드러지게 다른 모양의 달걀을 낳는 암탉만 골랐습니다. 저는 작업을 계속했고 끝까지 버텼지요. 선생, 제가 그렇게 해서, 아무리 밀어도 절대 구르지 않는 달걀을 낳는 새로운 품종을 만들어 냈습니다. 그 실험은 성공한 정도가 아니라 근대 산업의 모험담 가운데 하나였습니다."

나는 그것에 대해 조금은 의심을 하였지만 입 밖에 내어 그렇게 말하지는 않았다.

"내 달걀은 유명해졌습니다."

자칭 양계업자인 그는 말을 이어갔다.

"사람들은 처음에는 그저 신기하고 기묘하고 기괴해서 사려고 했지만 차츰 차츰 상인과 주부들은 그 달걀이 유용하고 보통 달걀보다 개량된 것이고 보통 달걀에는 없는 이점이 있음을 깨닫기 시작했지요. 우리는 달걀을 시장 가격보다 상당히 높은 가격으로 팔 수 있었습니다. 그래서 돈을 벌기 시작했어요. 저는 독점권을 갖고 있었습니다. '네모난 달걀을 낳은 암탉'은 팔기를 거절했고, 시장에 내다 파는 달걀들은 살균처리를 했기에 아예 부화하지 못하도록 조치를 해두었습니다. 저는 부자가 되고 있었죠. 안락하게 살 수 있는 부자가! 그런데 전쟁이 일어난 겁니다. 저는 암탉들과 고객들을 떠나 전선으로 떠나야 했습니다. 고모님께서는 여느 때처럼 사업을 계속하여 네모난 달걀을 팔고 있었습니다. 제가 창안하고 개량하여 수익을 올린 달걀로 이익을 보고 있지요. 그런데 고모님은 그렇게 번 돈을 저한테 한 푼도 보내주지 않았어요. 상상이나 할 수 있는 일입니까? 고모님은 자기가 닭을 돌보고 사료 값을 지불하고 달걀을 시장에 내다 팔고 있으니까 돈은 자기 거라고 주장합니다. 법적으로, 물론 그건 내 돈입니다. 제가 법정에 소송을 제기할 여유만 있다면, 전쟁이 시작된 이래 달걀을 팔아서 번 돈을 몽땅 되찾을 수 있습니다. 아마 수천 프랑은 될 겁니다. 그런데 소송을 제기하려면 꽤 많은 돈이 듭니다. 변호사로 있는 친구가 나를 위해 저렴한 비용으로 문제를 해결해줄 텐데, 불행하게도 내 수중에는 충분한 자금이 없습니다. 아직도 80프랑이 더 필요합니다. 그런데다 전시에 돈을 빌리기는 정말 어려워요."

나는 항상 전시에는 특히 돈을 빌리는 버릇이 들기 쉽다고 생각했기 때문에 이렇게 말해주었다.

"대규모 스케일, 그거 좋지요. 하지만 내 생각엔 사소한 80프랑이나 90프랑 같은 푼돈을 빌리는 것보다 오히려 수백 만 프랑을 융자 받기가 더 쉽답니다."

자칭 금융업자는 긴장하며 잠시 말을 끊었다. 그러다가 더욱 더 자신만만한 어조로 다시 말을 시작했다.

"당신네 영국 병사들 중에는 개인 자금을 가진 재력가도 있다고 들었어요. 그렇지 않은가요? 아마 당신 동료들 가운데 푼 돈을 기꺼이 선불할 사람도 있을지 몰라요. 어쩌면 당신 자신 일지도 모르죠. 이건 안전하고 유리한 투자입니다. 곧 돌려받을 수 있고……."

"제가 며칠 휴가를 얻으면 베르셰-레-토르토에 가서 네모난 달걀을 낳은 암탉 농장을 시찰하겠습니다." 나는 진지하게 말했다. "그리고 물어보겠습니다. 그곳의 달걀 장수들한테 그 사업의 현재 상황과 향후 전망에 대해 자세하게."

에스타미네 주막 술집에서 알게 된 남자는 거의 알아챌 수 없을 정도로 가볍게 어깨를 으쓱했다. 그리고는 자세를 바꾸어 우울하게 담배를 말기 시작했다. 나에 대한 그의 관심은 갑자기 사라진 듯 했다. 그러나 체면상 지금까지 그가 그토록 애써서 부풀어놓은 대화를 마무리 지으려고 하는 것 같았다.

"그러니까 당신은 정말 베르셰-레-토르토에 가서 우리 농장에 대해 조사할 작정이군요. 만약 네모난 달걀에 대해 내가 말한 게 모두 사실이라는 걸 알면, 선생께선 그때 어떻게 할 겁니까?"

"당신 고모님과 결혼하겠습니다."

침입자들
The interloper

겨울밤이었다. 잡다한 나무들이 자라는 카르파티아 산맥 동쪽 비탈진 숲에서 한 남자가 어둠을 주시하며 귀를 기울이고 서 있었다. 마치 숲속 짐승이 총의 사정거리에 들어오기를 기다리는 것처럼 사방을 주시하고 있었다. 하지만 그가 그토록 집중해서 노리는 대상은 사냥꾼의 목록에는 없는 것이었다. 울리히 폰 그라트비츠가 어두운 숲을 순찰하며 찾는 대상은 인간이었다.

그라트비츠의 숲은 광대했고 사냥감은 풍성했다. 거기에 기거하는 풍성한 사냥감을 생각하면 지금 그가 서 있는 좁고 가파른 외곽은 대단한 것이 아니었지만 가장 강력하게 방어되고 있었다. 그곳은 그의 할아버지가 어느 소지주 집안이 불법 소유했던 땅을 소송을 걸어 되찾아 온 땅이었다. 재산을 빼앗

긴 쪽은 법원의 판결에 순응하지 않았으므로 3대에 걸쳐 계속된 밀렵 소동과 그 비슷한 사건들은 두 집안의 관계를 더욱 악화시켰다. 울리히가 집안의 가장이 되면서부터 갈등은 더욱 개인적인 성격을 띠게 되었다. 만약 울리히가 세상에서 혐오하고 불행을 비는 사람이 있다면, 그것은 불화의 상속자이자 지칠 줄 모르는 밀렵자, 게오르크 츠나임이었다.

이 두 남자가 서로에게 개인적인 악감정을 품지 않았다면, 두 집안의 반목은 사라졌거나 어느 정도 완화될 수도 있었을 것이다. 그들은 소년일 때부터 서로의 피를 열망했고 어른이 되어서는 상대의 불운을 기도했다.

차디찬 바람이 휘몰아치는 겨울 밤, 울리히는 사냥터를 관리하는 산지기들을 모아서 어두운 숲을 감시하고 있던 것이었다. 네 발 달린 짐승을 잡기 위해서가 아니라 토지 경계를 넘어와서 어슬렁거리는 인간 도둑을 내몰기 위해서였다. 폭풍이 몰아칠 때면 은신처에서 휴식하던 수노루들이 오늘 밤에는 무언가에 쫓기듯 뛰어다녔고, 어두컴컴해지면 잠을 자는 동물들도 불안한 움직임을 보였다. 숲에 무슨 문제가 있는 게 분명했다. 울리히는 그 불안이 어디서 오는지 짐작할 수 있었다.

울리히는 언덕 꼭대기에 수색꾼들을 매복시키고는 혼자 떨어져 나와 덤불이 사납게 엉킨 가파른 비탈길 아래로 멀찌감치 내려갔다. 나무줄기 사이를 살피면서 그는 바람소리와 나뭇가지가 부딪히는 소리 사이에 약탈자들의 소리가 들리지 않을까 하고 귀를 기울였다. 이 거친 밤, 목격자도 없는 어둡고 외딴 곳에서, 게오르크 츠나임과 남자 대 남자로 만날 수 있다면, 하는 소망을 마음속으로 떠올렸다. 그런데 그가 커다란 너도밤나무에서 등을 돌리는 순간, 그가 찾던 남자와 정면으로 마주쳤다.

두 원수는 짧고도 긴 침묵 속에서 서로를 노려보았다. 둘 다 손에 총을 쥐고 있었고, 둘 다 마음속에 증오심을 품고 있었고, 둘 다 머리에 떠오른 생각은 상대를 죽이는 것이었다. 드디어 평생의 열정을 마음껏 실현할 기회가 온 것이다. 그러나 두 사람은 문명이라는 굴레의 율법 아래서 자랐기에, 말 한마디 없이 냉혹하게 이웃을 쏘아죽일 만큼 담대하지 못했다. 잠깐의 망설임 순간에 대자연의 폭력이 그들을 둘 다 쓰러뜨렸다. 그들 머리위에서 나무가 쪼개지는 소리가 맹렬하게 휘몰아치는 바람 소리에 응답했던 것이다. 미처 옆으로 비켜설 겨를도 없이 거대한 너도밤나무가 쓰러지면서 그들을 덮친 것이었다.

울리히 폰 그라트비츠가 정신을 차려보니 한쪽 팔이 감각을 잃은 채 마비된 상태였고, 다른 팔은 갈라진 나뭇가지에 단단히 끼어서 꼼짝할 수 없었고, 사냥용 장화 덕분에 발이 으스러지지는 않았지만 누가 와서 꺼내주기 전에는 움직일 수 없었다. 떨어지는 잔가지로 얼굴이 긁히며 눈썹 밑으로 피가 흘렀다. 그는 이 재앙의 전모를 파악하기 위해서 눈을 깜빡일 수밖에 없었다.

옆에는 게오르크 츠나임이 있었다. 거리가 너무 가까워서 보통 상황이라면 서로의 손이 닿을 수도 있을 정도였다. 게오르크도 죽지는 않고 꿈틀거리고 있었다. 하지만 자신과 마찬가지로 나무에 깔려 어떻게 해볼 도리가 없는 것이 분명했다. 그의 주위로 쪼개지고 부러진 나뭇가지의 파편들이 수북이 쌓여 있는 것이 보였다.

살았다는 안도감과 꼼짝할 수 없는 곤경에 빠진 좌절감에 울리히의 입술은 경건한 감사와 사나운 욕설을 동시에 내뱉었다. 눈을 가로질러 흐르는 피 때문에 앞을 볼 수 없게 된 게오르크는 잠시 몸부림을 멈추더니 울리히에게 으르렁거리는 듯이 웃었다.

"흥, 네 놈이 죽어 마땅한데 죽지 않았군. 대신 꼼짝 못하게 됐어. 아하, 이렇게 재미있을 수가! 울리히 폰 그라트비츠가 남에게 훔친 숲에 갇혀버렸구먼. 정의가 실현된 거야!"

게오르크가 조롱하듯 또 웃어대며 거칠게 소리쳤다.

그러자 질세라 울리히도 즉각 대꾸했다.

"어쨌건 나는 내 땅에 갇혔으니 내 부하들이 와서 풀어줄 거야. 그러나 밀렵꾼인 네놈은 편하게 죽기만을 소망하게 될 걸, 부끄러운 줄을 알아야지."

게오르크는 순간 조용했다. 잠시 후 그가 말했다.

"네 부하들이 구하러 올 게 분명해? 내 부하들도 여기 있지. 이 숲 속에, 아주 가까이 말이지! 바로 그들이 먼저 와서 나를 풀어줄 걸. 이 망할 나무 둥지에서 풀려나면, 이걸 다시 네 놈에게 굴리는 건 일도 아니지. 그러면 네 부하들은 쓰러진 너도밤나무 밑에 죽어 있는 너를 발견하겠지. 예의상 너희 가족에게 깊은 애도는 보내 주마."

"그거 유용한 정보군." 울리히가 거칠게 말했다. "나도 내 부하들한테 10분 간격을 두고 따라오라고 명령했지. 그게 7분 전이었으니까 벌써 출발했을 거야. 그러니 내가 여기서 풀려나면 네 놈이 들려준 방법을 기억하지. 하지만 너는 내 땅에서 밀렵을 하다가 죽음을 맞은 거니까, 난 너희 가족에서 애도의 말을 전할 수 있을 것 같지는 않구나."

"좋아." 게오르크가 으르렁거렸다.

"최후까지 싸워보자고! 너하고 나, 그리고 우리 숲지기들끼리. 다른 침입자는 개입시키면 안 돼. 네놈에게 죽음과 저주가 내려라. 울리히 폰 그라트비츠."

"그건 내가 할 소리야! 숲을 훔친 도둑에다 밀렵꾼인 게오르크 츠나임."

두 남자는 서로에게 신랄하게 독설을 퍼부었다. 그러나 둘 다 내심으로는 부하들이 곧 그들을 찾거나 깔린 나무에서 끌어내기에는 오래 걸린다는 사실을 알고 있었다. 어느 쪽이 먼저 도착할 지는 순전히 우연의 문제였다.

이제는 둘 다 자신들을 포박한 나무 밑에서 빠져나오려는 부질없는 노력을 멈추었다. 울리히는 부분적으로 자유로운 한 팔을 코트주머니로 집어넣어 휴대용 술병을 꺼내려고 애를 썼다. 간신히 술병을 잡은 뒤에도 마개를 돌려서 목구멍으로 술을 마시기까지는 한참이 걸렸다. 그 술은 어찌나 하늘의 생명수 같던지! 이번 겨울은 맑은 날이 많았고 눈도 별로 내리지 않아 두 명의 포박된 자들은 겨울 날씨치고는 추위를 덜 느꼈다. 그럼에도 술은 부상당한 남자에게 따뜻한 힘을 불어넣어 주었다. 그는 동정어린 기분으로 원수가 누워 있는 쪽을 바라보았다. 그 원수는 고통과 피로의 신음 소리가 입 밖으로 새나가지 않게 필사적으로 억누르고 있었다.

"내가 이걸 그쪽으로 던지면 어떻게든 손을 뻗어 잡을 수 있겠나?" 울리히가 갑자기 말했다. "술병 안에 여기 좋은 와인이 있지. 가능한 한 편안할 수 있다면 이렇게 있어 보자고. 오늘 밤 둘 가운데 어느 쪽이 죽더라도 같이 술이나 마시자고."

"못 잡아. 나는 거의 아무것도 안 보여. 눈 주위에 피가 엉겨 붙었어." 게오르크가 말했다. "그리고 어떤 경우에도 나는 원수랑 술을 마시지 않아."

울리히는 잠시 동안 말이 없었다. 그는 말없이 누워서 바람의 지친 비명을 들었다. 어떤 생각이 천천히 머릿속에서 생겨나고 자라났다. 그리고 그 생각은 고통과 탈진에 악착같이 맞서 싸우는 상대를 볼 때마다 더 강해졌다. 고통과 무력함 속에서 해묵은 원한이 차츰 사그라지는 것 같았다

"이봐, 이웃." 울리히가 잠시 후 말했다.

"자네 부하들이 먼저 오면 자네 마음대로 하게나. 그건 공정한 계약이었어. 하지만 나는 마음을 바꾸었어. 내 부하들이 먼저 오면 자네를 우리 집 손님인듯 돕겠어. 바람 한 줄기에도 쓰러지는 나무들이 들어찬 이 한심한 숲 한 뙈기를 두고 평생 그렇게 그악스럽게 싸웠잖아. 오늘 밤 여기 누워서 생각해보니까 우리가 바보 같았다는 생각이 드네. 인생에는 영토 분쟁에 이

기는 것보다 더 중요한 것들이 있는데 말야. 이보게, 이웃. 자네가 나와 함께 해묵은 미움을 묻어 버리겠다면 나는 자네에게 친구가 되어 달라고 청하겠어."

게오르크 츠나임은 오래도록 아무 말이 없었다. 그래서 울리히는 아마도 그가 상처의 통증 때문에 기절했다고 생각했다. 하지만 잠시 후 그가 천천히 띄엄띄엄 말을 꺼냈다.

"그래, 우리가 함께 말을 타고 시장으로 가면 사람들이 얼마나 놀란 눈으로 쳐다보며 입방아를 찧을까. 그 누구도 츠나임 집안과 폰 그라트비츠 집안이 서로 다정하게 대화하는 모습을 본 적이 없을 걸. 우리가 오늘 밤 불화를 끝내면 숲지기들은 얼마나 평화를 누릴까. 우리 사이에 평화가 이루어지면 우리를 방해할 외부의 침입자는 있을 수 없지……. 우리 집에 와서 신년 전야를 보내게. 나도 명절이 오면 자네의 성에 가서 즐겁게 시간을 보낼 테니……. 자네가 허락하지 않는 한, 나는 절대로 자네 땅에서는 단 한발의 총도 쏘지 않겠네. 자네하고 나는 함께 야생 새들이 사는 습지로 사냥을 나갈 수 있을 거야. 우리가 평화를 이루면 이 시골마을에서 우리를 가로막을 자는 아무도 없어. 평생토록 자네를 미워하는 것 말고는 하고 싶은 게 없었는데, 지난 삼십분 사이에 나도 마음이 바뀐 것 같아. 그리고 자네가 술을 주겠다고 했으니……. 울리히 폰 그라트비츠. 나는 자네 친구가 되겠네."

한동안 두 남자는 말없이 조용히 있었다. 그리고 그들은 이 극적인 화해가 가져올 멋진 변화들을 생각했다. 춥고 칙칙한 숲 속에서는 이따금 바람이 헐벗은 가지들 틈으로 변덕스레 춤을 추며 휘파람 소리를 냈다. 그들은 땅바닥에 누운 채 양쪽 모두를 구원해줄 도움을 기다렸다. 그러면서 둘 다 자신의 부하들이 먼저 와서 이제 친구가 된 원수를 명예롭게 도와줄 수 있기를 조용히 기도했다.

얼마 안가 바람이 잠시 멈추자 울리히가 침묵을 깼다.

"도와 달라고 소리치는 게 어떨까? 이제 바람이 좀 누그러들었으니."

"나무와 덤불 때문에 멀리 가지는 못해." 게오르크가 말했다. "하지만 시도해 볼 수는 있지. 함께 해보세."

두 사람은 목청 높여 사냥꾼끼리 신호를 보낼 때처럼 길게 외쳤다. 그리고는 응답 소리를 들으려고 귀를 기울였지만 소리가 없었다. 몇 분 후에 울리히가 말했다.

"다시 한 번 함께 외쳐보세. 무슨 소리가 들린 것 같은데."

"나는 거친 바람 소리 말고는 아무 소리도 못 들었어."

게오르크가 갈라진 목소리로 말했다.

다시 몇 분 동안 침묵이 흘렀다. 그리고는 울리히가 기쁜 외침을 내질렀다.

"숲에서 사람들이 오고 있어. 내가 아까 내려온 언덕 비탈 길로."

두 사람은 있는 힘을 다해서 힘껏 목청 높여 소리를 질렀다.

"우리 소리를 들었어! 멈춰 섰어. 그리고 이제 이쪽을 보고 있어. 우리를 향해 달려오네."

"몇 명이야?" 게오르크가 물었다.

"확실히 보이지는 않지만, 아홉이나 열?" 울리히가 말했다.

"그러면 자네 부하들이야." 게오르크가 말했다. "내 부하는 일곱 명뿐이거든."

"전속력으로 달려오고 있어. 용감한 친구들이야." 울리히가 기뻐하며 말했다.

"자네 부하들이야?" 게오르크가 물었다. "자네 부하들이야?"

그는 울리히가 대답하지 않자, 계속해서 물었다.

"아니." 울리히가 웃으면서 말했다. 무시무시한 공포로 얼빠진 남자가 덜덜 떨며 내는 소리였다.

"그러면 누구야?" 게오르크가 물었다. 그는 울리히가 차라리 못 보았으면 좋겠다고 생각하는 것을 보려고 눈에 힘을 주었다.

"늑대."

평설 | 침입자들

숲의 습격자, 약탈자, 불화의 상속자는

울리히와 게오르크 츠네임이 서로를 부르는 이름들이다

숲의 재산권을 둘러싼 조상 3대로부터의 긴 싸움

이젠 각자의 원한이 더해져 반드시 쓰러뜨려야 할 적

그 두 사람이 어느 날 숲속에서 맞닥뜨렸다

오랫동안 고대하고 기다리던 운명의 기회가

드디어 온 것이다

그러나 그 순간 불어 닥친 사나운 폭풍에

그 둘은 함께 엄청난 나무 밑에 깔렸다

고통과 무력감 속에서

놀랍게도 서로를 용서하기에 이르렀다

그들 숲의 침입자, 삶의 침입자와 화해한 것이다

바로 그때

그들에게 눈을 빛내며 다가오는 제3의 침입자가 있다

늑대들

사키

우리들이 통제할 수 없는 불가항력적인 외부의 대명사 늑대

인간의 질서나 우리가 알고 있는 어떤 기준과도 무관한 세계

그들 앞에선 고통을 겪으며 이뤄낸 아름다운 화해도

선과 악의 구분도 무의미하다

예감이 불가능한 제3의 심연

우리를 둘러싸고 있는

아주 거대한 **무지의 미지**

그림의 배경
The Background

"그 여자의 예술에 대한 수다는 피곤하더군." 클로비스는 신문 기자인 그의 친구에게 투덜댔다. "마치 그림이 무슨 버섯이나 되는 듯이 어떤 그림이 '계속해서 자란다'고 말하지 않겠나."

"자네 말을 들으니 앙리 드플리의 이야기가 생각나는군. 내가 전에 들려준 적이 있었던가?" 기자가 말했다.

클로비스는 고개를 저었다.

"앙리 드플리 라는 자는 룩셈부르크 대공국 출신이었어. 고심 끝에 그는 순회 외판원이 됐지. 사업 때문에 자주 국경을 넘었는데 이탈리아 북부 베르가모에 머물고 있을 때였어. 먼 친척이 죽으면서 그에게 유산을 남겼다는 소식을 듣게 되었지.

유산의 규모는 앙리 드플리의 소박한 관점에서 보아도 그리 대단한 게 아니었지만, 해롭지 않을 정도의 사치로 그를 내몰

앉지. 특히 그는 베르가모 지역의 대표적인 예술가인 안드레아스 핀치니 씨의 문신을 후원하게 되었어. 핀치니는 아마도 지금까지 이탈리아가 낳은 가장 최고의 문신 예술가일거야. 근데 그 친구는 아주 가난했지. 그래서 그는 600프랑을 받는 대가로 드플리의 등 뒤 어깨부터 허리까지 '아카로스의 추락'을 묘사하는 문신 그림을 그려주기로 기꺼이 떠맡았지. 처음엔 드플리 씨는 조금 실망을 했었는데, 왜냐면 30년 전쟁에서 발렌슈타인에게 함락된 요새를 그린 게 아닌가, 의심스러웠거든. 하지만 막상 작품이 완성되었을 때 더 없이 만족했지. 그것을 감상하는 특권을 누린 사람들도 모두 핀치니의 대표작으로 인정했다네.

결국 그것은 핀치니의 가장 훌륭한 걸작이자 마지막 작품이 되었지. 하지만 그는 사례금을 받기도 전에 세상을 떠났다네. 아름답게 장식된 묘비 아래 묻혔지만 묘석에 새겨진 날개 달린 천사는 그의 걸작이 겪을 운명을 예견하지 못했나 보네. 그래도 그의 미망인 핀치니 부인은 남아 있었지. 앙리는 그녀에게 600프랑을 지불해야 했어. 그런데 그 직후 앙리 드플리의 인생에 큰 위기가 닥쳐왔지. 모처럼 받은 유산도 보잘것없는 액수만 남았고, 술값과 잡다한 지출 때문에 미망인에게 줄 돈이 430프랑 밖에 남지 않은 거야.

핀치니 부인은 당연히 화를 냈지. 그 여자가 화가 난 것은 170프랑을 깎아 달라는 요구 때문이 아니라 죽은 남편의 걸작으로 인정받은 작품의 가치를 떨어뜨리려는 시도 때문이라고 핀치니 부인이 장황하게 설명했지. 일주일 뒤 앙리 드플리가 가진 돈이 더욱 더 줄어들어 문신 값을 405프랑으로 깎아 달라고 요구할 수밖에 없었는데 그것이 미망인을 더 분노하게 만들었어. 미망인은 아예 예술 작품 판매를 취소했다네, 며칠 후에 앙리 드플리는 핀치니 부인이 자기 등에 새겨진 문신을 베르가모 시에 기증해버렸고, 시 당국은 그것을 고맙게 받아들였다는 사실을 알고 경악하지 않을 수 없었지. 그는 사람들의 눈을 피해 베르가모 마을을 떠났지. 로마에 갔을 때 드플리는 정말로 안심했어. 로마에서는 그의 정체와 유명한 그림이 관심을 끌지 않을 거라고 기대했거든.

하지만 그는 죽은 예술가의 걸작을 등에 지고 다니는 신세가 되었지. 어느 날 그가 후끈한 증기탕 복도에 들어서자 주인은 그에게 당장 옷을 입으라고 강요했지. 북부 이탈리아 출신인 주인은 유명한 '이카로스의 추락'이 베르가모 시의 허락 없이 대중들에게 보이면 안 된다고 주장한 거야. 이 일이 널리 알려지자 대중들의 관심과 당국의 감시가 더욱 심해졌지. 이제 드플리는 아무리 더운 오후라도 두꺼운 수영복을 입고 단추를 목까지 채우지 않고는 바다나 강에 들어갈 수도 없었어. 나중에 베르가모 당국은 소금물이 그 걸작에 나쁜 영향을 미칠지 모른다고 생각하여 가뜩이나 시달림을 받은 이 외판원에게 어떤 상황에서도 해수욕을 금하는 영구 금지령을 내렸지. 회사가 앙리 드플리의 담당 구역을 프랑스 보르도 근교로 바꾸어 주었을 때 그는 너무도 감사했다네. 하지만 그 기쁨도 프랑스와 이탈리아의 국경에서 끝나버렸어. 국경 담당 관리들이 위압적으로 그의 출국을 막으며 이탈리아 예술 작품의 외국 반출을 엄중하게 금지한다는 법률을 그에게 상기시켰다네.

룩셈부르크와 이탈리아 정부 사이에 외교 회담이 열렸고 한때는 분쟁이 일어날 가능성까지 고조되어 유럽 상황이 험악해졌지. 하지만 이탈리아 정부는 절대 양보하지 않았지. 순회 외판원 앙리 드플리의 개인의 운명이나 존재 따위에는 조금도 관심이 없고, 베르가모 시의 재산인 '이카로스의 추락'이 자기 나라를 떠나게 할 수는 없다는 결정을 조금도 굽히지 않았다네.

시간이 지나감에 따라 격앙된 상태는 가라앉았지. 하지만 기질적으로 수줍은 성품인 드플리는 몇 달 뒤에 또 격렬한 논쟁의 중심이 되어버렸어. 독일의 미술 전문가가 베르가모 당국의 허락을 얻어 드플리의 문신을 조사한 뒤에 그것은 핀치니의 작품이 아니라 그가 말년에 고용한 제자의 작품일 거라고 주장한 거야. 이에 관한 드플리의 증언은 아무 소용없었지. 독일 미술 전문가는 드플리가 도안을 바늘로 찌르는 긴 시간 동안 관례에 따라 마취상태로 있었기 때문에 지각할 수 없었을 거라고 말이야. 이에 이탈리아 미술 잡지의 편집장은 독일 전문가의 주장을 단박에 반박했지. 그의 사생활이 현대 도덕 기준에 부합되지 않는다는 것을 증명하는 논리에 착수했어. 이탈리아와 독일 전체가 이 논쟁에 끌려 들어갔어. 유럽 나머지 나라들도 싸움에 끼어들었지. 스페인 의회에서 격렬한 다툼이 벌어졌고, 코펜하겐 대학은 독일 전문가에게 금메달을 수여했지. 파리에 있는 폴란드 남학생 두 명은 그 문제에 대한 자신들의 견해를 표명하기 위해 자살을 했다네.

그러는 동안 그림의 바탕이 된 이 불행한 사람의 형편은 전혀 나아지지 않았고, 그가 결국 이탈리아 무정부주의자 단체에 가입한 것도 결코 놀라운 일은 아니야. 그는 적어도 네 번이나 위험하고 불온한 외국인으로 분류되어 국경까지 끌려갔지만, 그때마다 '이카로스의 추락'(안드레아스 핀치니 작품, 20세기 초) 때문에 되돌아오곤 했지. 그러던 어느 날, 제노바에서 열린 무정부주의자 대회에서 한 동료가 그와 격렬한 논쟁을 벌이다가 그의 등에 부식액이 든 유리병을 던졌다네. 그가 입고 있던 붉은 셔츠 때문에 효과는 감퇴되었지만, '이카로스의 추락'은 식별 불가능하게 손상되고 말았지. 그를 공격한 남자는 동료 무정부주의자들로부터 예술품을 공격했다는 이유로 호된 비난을 받았고, 그는 국보인 미술품을 손상시킨 혐의로 7년 금고형을 선고를 받았어. 앙리 드플리는 병원을 퇴원하자마자 달갑지 않은 외국인으로서 국경너머로 도망갈 수 있었지.

파리에서 조용하고 한산한 거리, 특히 미술관 부근에 가면 이따금 우울하고 불안해 보이는 남자를 만날 수 있는데, 그 사람한테 인사를 건네면 룩셈부르크 말투가 섞인 프랑스어로 대답할 거야. 그 사람은 자기가 밀로의 비너스에서 사라진 두 팔 중의 하나라는 환상을 품고, 프랑스 정부를 잘 설득하면 자기를 사 줄지 모른다고 기대하고 있지. 그것 말고는 그 남자는 아주 멀쩡하게 제정신인 것 같아."

앙리 데플리는 우연한 유산으로 최고의 문신예술가에게서
「이카로스의 추락」의 눈부신 형상을 등에 새겼다
사실 그는 자신에게 새겨진 작품의 의미도
제대로 인식하지 못했는데
문신의 가치를 높이 산 외부세력들로 인해
여러 논쟁의 중심에 서게 되었다
정치에까지 휘말리게 되면서 그가 겪은 시련은
상상을 초월했다
타인들이 중요하게 여긴 건 그가 아닌 그의 문신이었으므로
그는 다만 **문신의 배경**으로 전락했다
마치 그림의 액자처럼

그는 문신의 노예가 되었다
놀랍게도 스스로를 밀로의 비너스의 사라진 두 팔 중
하나라고 믿으며
정부가 자신을 사주길 기다린다

앙리 데플리 스스로 다른 이름 가짜 날개를 원하는

가장 두려운 추락이 일어났다

자기 자신에게서 추락하는 이카로스

우리 자신조차 구별하기 쉽지 않은

나대신 어느새 내가 돼버린

문신의 여러 이름들을 우리는 알고 있다

사키

Anderson, Sherwood

셔우드 앤더슨

셔우드 앤더슨 1876-1941

미국 오하이오 작은 마을에서 태어난 그는 가난한 마구상의 아들이었
고 정규교육을 받지 못했다. 떠돌아다니며 잡다한 직업에 전전하다가
페인트 공장으로 성공한 사업가가 되었다. 그러나 그는 돌연, 화가 고갱
이 그러했듯이, 가족과 사업을 버리고 대도시 시카고로 가서 작가생활
을 시작했다. 그 이후 출판사와 신문사 편집장으로 변신하면서도 많은
소설집과 시집을 출간하여 작가로서의 명성을 얻었으며, 미국 초기 문
학운동의 중심인물이 되었다. 특히 그의 조용하고 담백한 문장은 헤밍
웨이, 포크너에게 큰 영향을 주었다.

그로테스크들의 책
The book of the Grotesque

수염이 희고 늙은 작가는 높은 침대에 들어가는 것이 좀 힘들었다. 그가 사는 집의 창문들은 높이 달려 있었는데, 작가는 매일 아침에 일어나면 창밖으로 나무들을 바라보고 싶어 했다. 그래서 목수가 침대를 고치러 왔다. 침대와 창문의 높이를 같게 만들기 위해서였다.

둘 사이에 이런저런 이야기가 오고갔다. 남북전쟁 참전용사였던 목수는 작가의 방으로 들어와 앉아서 침대를 높이기 위해서는 단을 만들기를 권했다. 늙은 작가가 피우는 시가들이 바닥에 놓여 있어 목수는 그것을 피웠다.

한동안 두 사람은 침대를 높이는 일에 대해 이야기했고 그러다가 다른 화제로 넘어갔다. 참전군인이었던 목수는 전쟁에 관해 말하기 시작했다. 실은 작가가 그로 하여금 전쟁에 관해 말하도록 유도한 것이었다. 목수는 한때 앤더슨빌 감옥에 있었다고 했다. 그때 형을 잃었는데 목수는 자신의 형이 굶어죽은 이야기를 할 때마다 울먹였다. 목수도 늙은 작가처럼 흰 수염을 기르고 있었다. 그가 울 때마다 입술이 떨렸고 흰 수염이 위아래로 움직였다. 입에 시가를 문 채 울고 있는 늙은이의 모습은 좀 우스꽝스러웠다. 침대를 높이려던 작가의 계획은 무산되고 목수는 나중에 자기 마음대로 일을 처리했기 때문에 예순이 넘은 작가는 밤에 침대에 누우려면 의자를 사용해야 했다.

침대 속에 들어간 작가는 옆으로 누워 가만히 있었다. 몇 년 동안 그는 자신의 심장에 관한 여러 생각들 때문에 걱정하고 있었다. 그는 골초였고 그의 심장은 자주 빠르게 또는 불규칙하게 뛰었다. 자신이 언젠가는 예기치 않게 죽을 것이라는 생각이 들었고, 잠자리에 누워서는 늘 그 생각을 했다. 그러나 그 생각이 그를 겁나게 하지는 않았다. 사실상 그 생각은 쉽게 설명하기 어려운 특별한 느낌에 빠지게 했다. 죽음을 생각하는 것이 그로 하여금 어느 때보다도 더 살아 있게 한다고 할까. 그는 침대 속에 꼼짝도 하지 않고 누워 있으면서 그렇게 생각했다. 그의 몸은 늙어서 더 이상 별 쓸모가 없었지만 그의 안에 있는 무엇인가는 그렇게 느껴지지 않고 외려 젊게 느껴졌다. 마치 임신한 여자 같았다. 물론 자신 안에 있는 것은 아기가 아니고 어떤 젊은이였다. 아니, 그것은 젊은이도 아니었다. 그것은 기사처럼 쇠비늘 갑옷을 입고 있는 젊은 여자였다. 높은 침대 위에 누워 자기 심장 박동소리에 귀를 기울이고 있는 늙은 작

서우드 앤더슨

가의 내면에 무엇이 있는지를 말하고자 하는 것은 이해가 되지 않을 것이다. 그러나 놓치지 말아야 할 것은 작가 안에 있는 그 젊은 존재가 무엇을 생각하고 있는가이다.

늙은 작가는, 세상의 모든 사람들이 그러하듯, 긴 생애를 살아오면서 머릿속으로 수많은 위대한 생각들을 갖게 되었다. 그는 한때 대단히 잘 생겼었고 많은 여자들이 그와 사랑에 빠졌었다. 그리고 물론 그는 당신이나 내가 사람들을 아는 것과는 다르게, 그만의 특별한 방식으로 많은 사람들을 알고 지냈다. 적어도 작가는 그렇게 생각했으며 그 생각이 그를 기쁘게 했다.

침대 속에서 작가는 꿈이 아닌 꿈을 꾸었다. 어느 정도 잠이 들자 여전히 의식이 있는 상태에서 그의 눈앞에 사람들의 모습이 나타나기 시작했다. 그는 자기 내면에 형언할 수 없는 그 젊은 무언가가 눈앞으로 사람들의 긴 행렬을 몰고 가는 상상을 했다.

이 모든 이야기의 관심은 작가의 눈앞을 지나가는 인물들에 있다. 그들은 모두 그로테스크들로 이상한 사람들이다. 그가 한 번이라도 알았던 모든 남자들과 여자들은 그로테스크가 되어 있었다.

그로테스크 인물들 모두가 끔찍한 것은 아니었다. 어떤 이들은 흥미로웠고 어떤 이들은 아름다웠고, 겉모습이 허물어진 어떤 여자는 그녀의 그로테스크함 때문에 노인을 아프게 했다. 그 여자가 노인의 머릿속에서 지나가자 그는 끙끙대는 강아지처럼 소리를 냈다. 누군가가 그 방에 들어왔더라면, 노인이 나쁜 꿈을 꾸었거나 소화불량 때문이라고 생각했을 것이다.

한 시간 동안 그로테스크들의 행렬은 노인의 눈앞을 지나갔다. 그는 고통스러웠지만 침대에서 기어 나와 글을 쓰기 시작했다. 그로테스크들 중 어떤 이들은 그의 마음에 깊은 인상을 남겼으므로 그는 그것을 써내고 싶었다.

작가는 책상에서 한 시간 동안 일했다. 드디어 그는 한 권의 책을 썼고 이를 '그로테스크들에 관한 책'이라고 이름 붙였다. 그것은 출판되지 않았다. 나는 그것을 한번 보았고 마음속에 지울 수 없는 감명을 받았다. 그 책에는 핵심적인 생각이 있었는데 상당히 이상했으나 늘 마음속에 간직되어 있다. 나는 그것을 기억함으로써 그전에는 결코 이해할 수 없었던 사람들과 일들을 이해할 수 있게 되었다. 이는 복잡하게 들릴 수도 있겠지만 간단히 말하자면 다음과 비슷한 내용이 될 것이다.

세상이 우리에게 시작될 때, 많은 생각들이 있었지만 '진실'이라고 하는 것은 없었다. 인간 스스로 진실을 만들었고 하나의 진실은 많은 막연한 생각들의 총체였다. 이 세상에 있는 모든 것에는 진실들이 있었고 그것들은 모두 아름다운 것들이다.

노인은 그의 책에서 수백 개의 진실들을 나열했다. 처녀성의 진실, 열정의 진실, 부와 가난의 진실, 검약과 낭비, 무심함과 포기, 등등 수백만 개의 진실이 있었고 그들은 모두 아름다웠다.

사람들이 계속 나타났다. 한 사람이 나타날 때마다 하나의 진실을 붙들었고, 힘이 강한 어떤 사람들은 열두어 개의 진실을 포획했다.

바로 그러한 진실들이 사람들을 그로테스크로 만들었다. 노인은 이에 대해 상당히 정교한 이론을 가지고 있었다. 그의 생각은 이러했다. 어떤 한 사람이 하나의 진실을 자신의 진실이라 부르고, 그에 따라 삶을 살려고 할 때, 그는 그로테스크가 되고 그가 받아들인 진실은 거짓이 된다는 것이 그의 논리였다.

글을 쓰면서 평생을 살아온, 그래서 말들로 가득한 노인은 어떻게 이 문제에 관해 수백 장을 썼을지 여러분 스스로 상상해볼 수 있겠다. 그의 마음속에서 주제가 너무 거대해져 그 자신이 그로테스크가 될 위험에 처할 수도 있었다. 하지만 그는 그렇게 되지는 않았다. 내 이유는, 그가 그 책을 출판하지 않았기 때문인 듯하다. 노인을 구한 것은 그의 내면에 있는 그 젊음이었다.

작가를 위해 침대를 고친 늙은 목수로 돌아가 보자. 내가 그를 언급하는 까닭은, 그는 평범하다고 여겨지는 많은 사람들처럼, 작가의 책에 등장하는 모든 그로테스크들 중에서 가장 이해할 수 있고 사랑스러운 사람에 가까웠기 때문이다.

수염이 하얀 목수가 멋대로 고쳐준 침대는

작가가 계획했던 것과 달랐다

창문 높이만큼 높은 그 침대 속에서 작가는

꿈 아닌 꿈을 꾸었다

그로테스크한 사람들의 꿈

세상에 가득한 역설과 모순, 순응, 부주의, 포기, 열정

설명할 수 없고 불합리해 보이는 각각의 진실들

작가는 그들의 그로테스크한 초상들을 책으로 썼다

신의 나이를 연상케 하는 늙은 목수만큼이나

작가도 늙었지만 그는 영혼이 젊은 사람

그런 작가를 만나러 올 때 사람들은

각자의 **그로테스크한 생명력**으로 아름다웠다

흥미롭고 독특하고 무너져 있고 아름답기까지 한

모두 다른 그로테스크들

서우드 앤더슨

그러나 작가는 그 책을 출판하지 않았다

여전히 꿈을 꾸는 중일까

여전히 쓰고 있기 때문일까

어쩌면 작가를 찾아왔던 수많은 존재들 중

가장 사랑스러운 그로테스크한 존재는

신인 건 아닐까

종이쪽지 알맹이

그는 의사였다. 얼굴엔 흰 수염이 나 있고 코는 거대했고 손도 마찬가지로 매우 컸다. 그는 지친 흰 말이 끄는 마차를 타고 와인즈버그 마을 거리들을 오가며 이집 저집으로 왕진을 다녔다. 후에 그는 어떤 처녀와 결혼을 했다. 그녀는 아버지가 죽으면서 남긴 넓고 기름진 땅을 물려받았다. 처녀는 조용하고 키가 크고 살결이 가무스름했다. 많은 사람들이 보기에 대단히 아름다웠다. 와인즈버그 마을 사람들은 모두 왜 그녀가 의사와 결혼을 했는지 이해할 수 없었다. 결혼한 지 일 년도 되지 않아 그 여자는 죽었다.

의사의 손 관절은 엄청나게 컸다. 두 손을 쥐고 있으면 마치 강철로 만들어진 호두 크기만 한 나무공을 묶어놓은 것 같았다. 그는 옥수수 파이프를 피웠는데, 아내가 죽은 뒤로는 아무도 없는 자신의 사무실 창문 가까이에 하루 종일 앉아 있었다. 그는 거미줄이 가득한 창문을 여는 법이 없었다. 언젠가 팔월의 어느 무더운 날, 그가 창문을 열어보려고 했으나 창문틀이 꽉 들러붙어 있는 것을 알고 난 후부터 아예 그것에 대해 잊어버렸다.

와인즈버그 마을은 이제 그의 존재를 잊었지만, 닥터 리피 내면에는 매우 아름다운 어떤 씨앗들이 있었다. 헤프너 거리에 있는 파리 의류 상점 위층에 위치한 그의 먼지 낀 진료실에서 그는 혼자 무엇인가를 지었다가 무너뜨리면서 쉬지 않고 일했다. 그는 진실이라는 피라미드들을 세웠고, 그런 뒤 다른 진실의 피라미드를 위해 이미 세운 것들을 무너뜨리고 다시 세우곤 했다.

닥터 리피는 키가 큰 남자였는데 십 년 동안 같은 양복을 입고 다녔다. 소매는 낡았고 무릎과 팔꿈치에는 구멍이 났다. 그는 또 진료실에서는 큰 호주머니가 달린 가운을 입었으며 그주머니 속을 연신 종이쪽지들로 채웠다. 몇 주일이 지나면 종이쪽지들은 작고 단단하고 둥근 알맹이들이 되었고 주머니가 가득 차면 그는 바닥에 그것들을 다 쏟아내 버렸다. 십 년 동안 그에게 친구라고는 정원사 주인인 존 스패니야드 뿐이었다. 때로 장난기가 돌면 닥터 리피는 주머니에서 종이 알맹이들을 한움큼 꺼내 정원사 주인에게 던졌다. "이건 자네를 혼란스럽게 하기 위해서지, 이 수다쟁이 늙은 감상주의자야." 라고 외치면서 몸을 흔들며 웃어대기도 했다.

닥터 리피와 키가 크고 가무스름한 처녀, 그의 아내가 되고 그에게 유산을 남겨준 그녀의 이야기는 대단히 흥미롭다. 아마도 와인즈버그 마을의 과수원에서 자라는 찌그러진 작은 사과들처럼 그 이야기는 향기롭다. 가을에 과수원을 걸으면 발아래 땅은 서리가 내려 단단하다. 사과 따는 이들은 나무에서 사과들을 딴다. 그리고 그것들을 나무상자 속에 넣어 배에 실어 도시로 보낸다. 그러면 도시 사람들은 가구들, 잡지들, 책들이 들어찬 아파트에서 그들이 보낸 사과를 먹는다. 나무에는 사과 따는 사람들이 버려둔 몇 개의 비틀어진 사과만 남아 있다. 그것들은 닥터 리피의 손 관절들 같아 보인다. 사과들을 한 입 베어 물면 향기롭고 맛나다. 사과 한쪽의 작고 둥근 곳에 사과의 달콤한 맛이 몽땅 고여 있다. 서리 내린 땅에서 이 나무에서 저 나무로 옮겨가며 비틀어지고 찌그러진 사과들을 따서 주머니에 넣는다. 오직 몇 사람만이 찌그러진 사과의 달콤함을 안다.

그 처녀와 닥터 리피는 어느 여름날 오후에 만나기 시작했다. 그는 그때 이미 마흔다섯 살이었고 자기 주머니를 종이쪽지로 채웠다가 단단한 알맹이가 되면 던져버리는 습관도 이미 시작되어 있었다. 사실 그 습관은 지친 흰말이 끄는 마차에 앉아 그가 천천히 시골길을 갈 때 생겨난 것이다. 종이에는 생각들, 생각들의 끝과 시작들이 적혀 있었다.

하나 하나가 모두 닥터 리피의 마음이 만들어낸 생각들이었다. 그 많은 생각들을 가지고 그는 마음속에 거대하게 솟는 하나의 진실을 형성했다. 그 진실이 세상을 덮었으며 그것은 무

시무시해지더니 사라졌고 다시 작은 생각들이 시작되었다

키가 크고 가무스름한 처녀가 닥터 리피를 보러 온 것은 그 여자가 임신을 했기 때문이었다. 그 여자가 그렇게 된 것 또한 흥미로운 일련의 상황 때문이었다.

그 여자는 부모로 인해 유산을 받은 풍요로운 땅 때문에 구혼자들이 줄을 지어 나타났다. 이년 동안 여자는 거의 매일 저녁 구혼자들을 만났다. 두 사람을 제외하고는 그들은 모두 비슷했다. 그들은 여자에게 열정에 대해 말했지만 여자를 바라보는 그들의 눈과 목소리에는 자연스럽지 않은 열망 같은 것이 숨어있었다. 다른 두 남자는 서로 너무 달랐다. 그들 중 한 사람은 와인즈버그 보석상의 아들이었다. 그는 손이 희고 몸이 호리호리했는데 끊임없이 순결에 대해 말했다. 여자와 함께 있을 때 그는 그 주제에서 벗어난 적이 없었다. 또 다른 남자는 귀가 크고 머리칼이 검은 젊은이였는데 전혀 말을 하지 않았지만 늘 어떻게 해서든지 여자를 어둠 속으로 데리고 가서 키스를 하곤 했다.

한동안 키가 크고 가무스름한 처녀는 보석상 아들과 결혼하리라 생각했다. 그의 말을 몇 시간이고 들으며 침묵 속에 앉아 있던 중 그녀는 뭔가 두려워지기 시작했다. 순결에 대해 말하는 그의 이면에는 그 어떤 남자들보다 더 큰 욕정이 있다고 생각되었다. 때때로 그가 이야기할 때면 마치 그가 그녀의 몸을 손에 쥐고 있는 것처럼 느껴졌다. 보석을 하얀 손으로 천천히 굴리며 응시하고 있는 그를 상상해보았다. 그녀는 밤에 그가 자기 몸을 깨물어 입에서 피가 뚝뚝 떨어지는 꿈을 꾸었다. 여자는 그런 꿈을 세 번 꾸었고, 그런 후 그는 아무 말도 하지 않으면서 격정의 순간에 실제로 여자의 어깨를 깨물었다. 그가 남긴 이빨자국은 오래갔다.

키가 크고 가무스름한 처녀가 닥터 리피를 알게 된 뒤에는 그녀는 다시는 그를 떠나고 싶지 않은 것처럼 보였다. 그녀는 어느 날 아침에 그의 진찰실로 갔다. 닥터 리피는 그녀가 아무 말 하지 않아도 여자에게 무슨 일이 일어났는지를 알고 있는 듯했다.

의사의 진찰실에는 이미 여자 환자가 한 명 진찰받고 있었다. 와인즈버그 마을에서 책방을 하는 남자의 아내였다. 닥터 리피도 옛날의 시골 의사들이 그러했듯이 환자들의 이빨도 뽑아주었다. 여자 환자는 기다리는 동안 입 근처에 손수건을 대고 신음하고 있었다. 책방 남자도 함께 있었는데 이빨이 뽑혀나오자 두 사람 모두 비명을 질렀고 피가 흘러 여자의 흰옷을 적셨다. 키가 크고 가무스름한 처녀는 그걸 보고도 아무렇지 않게 여겼다. 여자와 남편이 떠나자 의사가 미소를 지었다.

"내가 당신을 시골로 드라이브를 시켜 드리지요." 그가 말했다.

몇 주일 동안 키가 크고 가무스름한 처녀와 의사는 거의 매일 함께 있었다. 그 여자를 그에게 오게 한 상황은 불행한 사건 때문이었지만 여자는 뒤틀린 사과의 달콤함을 발견한 사람처럼 보였다. 여자는 도시의 아파트에서 사람들이 먹는 둥글

서우드 앤더슨

고 완벽한 사과에 별 마음이 없었다. 여자는 그와 교제하기 시작한 그해 가을 닥터 리피와 결혼했고 그 다음 해 봄에 죽었다. 겨울 동안 그는 자신이 종이쪽지에 아무렇게나 써 놓았던 이런저런 갖가지 생각들을 그 여자에게 모두 읽어주었다. 그것들을 읽어준 뒤 그는 큰 소리로 웃으며 주머니에 넣었고, 그것들은 둥글고 단단한 알맹이가 되었다.

사과 따는 사람이 버려둔 비틀어진 사과 속에
사과의 진짜 이야기가 숨어 있다고 작가는 말한다
닥터 리피의 호주머니 속 종이쪽지 알맹이에
사소한 생각과 순간의 진실들이 모이고 모여
한 알의 사과만큼 커지게 되면?
그는 공처럼 뭉쳐서 그것을 던져버리고
또다시 작은 종이쪽지 알맹이에 생각들을 적어 나갔다
그는 사소한 게 의미하는 진실들을
비틀어진 상처의 진짜 이유와 아름다움을 아는 의사다

한 개인이 된다는 건
어떤 불균형을 선택하는 일인지도 모르겠다
매일 해야 하는 불균형한 선택들이
영혼의 얼굴을 만들고 독특한 개성이 되어서
그것의 힘으로
오직 한 사람 한 사람에게만 소리 내며 다가오는

각자 다른 내밀한 추위와 햇빛,

비와 바람의 노래를 겪어내며

붉고 달콤하고 **비틀어진 사과**로 익어가는 건지도

닥터 리피의 낡고 커다란 호주머니를 상상해 본다

에드가 앨런 포우

그림_김원경

에드가 앨런 포우 1809~1849

지금으로부터 200년 전에 태어난 포우는 아직도 현대적인 요소를 지니고 있다. 그의 소설과 시는 모두 시대를 초월한 작품들이다. 본질적으로 시인이기도 한 그는 남달리 인간과 세계를 깊고 섬세하고 두렵게 관찰했다. 고아로 태어났으며 신경증과 우울과 가난으로 불행한 삶을 살았지만, 문학은 그에게 엄청난 행복을 선사했다. 독창적이고 환상적인 작품들을 창조하고 집필하는 능력을 선물 받았는데 그것들은 시인 보들레르를 비롯한 후대의 작가들에게 이어져 새로운 문학적 영토를 창조하기에 이르렀다.

군중 속의 사람
The Man of Crowd

혼자 있을 수 없는 건 대단히 큰 불행이다
- 라 브뤼에르

독일에는 '읽히는 것이 허용되지 않는' 책이 있다는 말이 있다. 그처럼 말하는 것이 허용되지 않는 비밀 또한 존재한다. 사람들은 임종의 침대에서 마지막 순간에 이르러서는 환상 속에서 보이는 존재들의 손을 부여잡고 애처로운 눈빛으로 그들을 바라보며 가슴의 절망을 안고 목에 경련을 일으키며 죽는다. 폭로를 거부하는 소름끼치는 비밀 때문이리라, 오호 통재라, 인간의 의식은 무시무시한 공포의 무거운 짐을 짊어지고 있다가 비로소 무덤에 가서야 해방된다. 그리하여 모든 죄의 핵심은 누설되지 않고 그대로 남는다.

얼마 전 가을날 해가 저물 즈음이었다. 나는 런던에 있는 D 커피하우스의 커다란 창문 앞에 앉아 있었다. 몇 달 동안 병에 시달리다가 건강을 되찾은 덕택에 권태와는 정확한 대척점을 이루는 행복감을 맛보고 있었다. 감수성이 극도로 예민해졌다고 할까, 정신적인 시야를 가리고 있던 막은 걷혀나가고, 자극을 받아 평소와는 비교도 되지 않을 정도로 예리해진 두뇌는, 라이프니츠의 명료하면서도 솔직한 지성이나 그리스 소피스트인 고르기아스의 광적이면서도 가벼운 변론을 방불케 하는 수준에 도달해 있었다.

단지 숨을 쉬는 것만으로도 즐거웠으며 이런저런 고통조차도 긍정적인 즐거움으로 느껴질 정도였다. 나는 모든 사물을 차분하게 바라보면서 열띤 관심을 가지게 되었다. 입에 시가를 물고 무릎 위에 신문을 올려놓은 채로 나는 저녁의 가장 즐거운 한때를 보내고 있었다. 광고를 숙독하거나, 가게 안의 손님들을 관찰하거나, 자욱한 담배 연기 저편 창문 너머에 보이는 거리를 바라보기도 했다.

그 거리는 런던의 주요 도로 중의 하나였다. 하루 종일 통행인들로 북적거렸는데, 땅거미가 지자 혼잡은 한층 더 심해졌고, 등불이 켜질 무렵 군중들은 끊임없이 두 흐름을 이루어 가게 앞을 서둘러 지나갔다. 이 특정한 시각에 이런 상황은 난생처음 경험했기 때문에 사람들의 머리통이 소란스러운 해류처럼 출렁이는 감미롭고 신기한 광경에 가슴이 뛰었다. 마침내 나는 호텔 안에서 일어나는 일에 관심을 끊고 창밖의 풍경을 관찰하는 데 몰두했다.

처음에 나의 관찰력은 추상적이었고 일반화하려는 경향이 있었다. 무리를 지어 움직이는 통행인들을 바라보며 일종의 집

합적인 관계를 머리에 떠올렸다. 그러다가 곧 세부 상황에 눈이 갔다. 사람들의 인상, 입은 옷, 분위기, 걸음걸이, 얼굴 표정에 이르기까지 셀 수 없을 정도로 각양각색의 다양한 특징을 세심하게 관찰했다.

지금까지는 통행인 대다수가 만족스럽고 사무적인 표정을 지으며 군중 사이를 빨리 가려는 생각밖에는 없는 것처럼 보였다. 미간을 찡그리고, 눈을 빠르게 굴렸고, 다른 통행인이 밀쳐도 결코 짜증을 내지 않고 단지 옷매무시를 가다듬고는 서둘러 길을 지나갔다.

그보다는 적지만 여전히 다수를 차지하는 부류는 안절부절 불안하게 움직이는 것이 특징을 보였다. 대체로 붉게 상기한 얼굴을 하고 혼자서 중얼거리거나 이런저런 몸짓을 하는 경향이 있었고, 주변의 혼잡스러움에 고독을 느끼는 듯 했다. 이런 사람들은 누가 앞을 가로막으면 갑자기 혼잣말을 멈추었지만 몸짓은 오히려 더 심해지고, 입가에 공허하고 지나치게 가식적인 미소를 띤 채로 상대가 지나쳐가기를 기다리곤 했다. 난폭하게 밀치는 사람이 있으면 좀 과할 정도로 굽실거리며 사과를 했고, 당혹한 표정을 감추지 못했다. 지금까지 내가 기술한 것들을 제외하면 이 두 집단에 딱히 뚜렷한 특징이랄 것은 없었다. 이들의 복장은 계층에 따라 적확하게 나뉘었다. 단정하다는 것을 기준으로 한 순서였다. 따라서 이들이 귀족, 무역상, 변호사, 소매상인, 주식 매매업자, 바꿔 말해서 유한계급과 직업인들이며 적극적으로 활동하는 사회의 일원이라는 점이 명백

했다. 하지만 그들은 딱히 나에게 크게 흥미를 끄는 부류는 아니었다.

사무원들 부류는 한눈에 알아볼 수 있었으며 나는 이들이 뚜렷하게 두 집단으로 나뉜다는 사실을 발견했다. 우선 별 볼일 없는 회사에서 일하는 사무원들이다. 이 젊은이들은 몸에 꼭 끼는 윗도리와 번쩍이는 구두를 착용하고, 머릿기름을 잔뜩 발랐으며, 입가에 거만한 표정을 짓고 있다. 이런 말쑥한 느낌을 표현하려면 딱히 떠오르는 단어가 없지만 이들의 거동은 12개월에서 18개월 전에는 우아함의 첨단을 달리던 유행을 고스란히 베꼈다는 인상을 준다. 이들은 상류 계급이 갖다버린 찌꺼기를 몸에 두르고 있었다. 그리고 이것이야말로 이 부류에 대한 가장 명확한 정의이다.

건실한 기업에 근무하는 중견 사무원들, 혹은 실질적이고 강건한 인재들로 불리는 부류는 몰라보기가 오히려 불가능하다. 검정색이나 갈색 옷과 앉기 편한 느슨한 바지를 즐겨 입고, 넥타이와 조끼, 폭이 넓고 견고해 보이는 구두, 두터운 긴 양말이나 각반을 즐겨 착용한다. 이들 모두 머리가 조금씩 벗겨졌고, 오랜 세월 동안 습관적으로 펜을 끼워 둔 탓인지 귀 윗부분이 묘하게 밖으로 돌출해 있다. 모자를 벗거나 쓸 때는 언제나 양손으로 쓰는 버릇이 있고, 육중하고 고색창연한 형태의 짧은 금사슬이 달린 회중시계를 지니고 있다. 이들의 미덕은 점잖은 체하는 것이다. 그런 것을 미덕으로 간주할 수 있다면 말이다.

눈에 띄는 용모를 가진 사람들도 꽤 많았는데 이들이 모든 대도시를 잠식하고 있는 솜씨 좋은 소매치기 족속에 속한다는 것을 쉽게 알 수 있었다. 이 무리들을 큰 흥미를 가지고 관찰했지만 사람들이 어떻게 이들을 신사로 오해할 수 있는지 상상하기 힘들었다. 부풀어 오른 소맷부리, 부자연스러울 정도로 솔직한 태도를 보면 이들의 정체가 금방 드러나지 않는가.

노름꾼들도 널려 있었다. 이들은 알아보기가 더 쉬웠다. 옷차림은 천차만별이고, 벨벳 조끼에 화려한 목도리와 금박 사슬, 금은 세공을 한 단추 따위로 요란하게 치장한 야바위꾼풍의 복장부터 수상한 점 없이 완벽하고 근엄한 성직자풍의 복장까지 총망라할 정도로 다양하다. 그렇지만 이 부류는 얼굴은 붓고 거무스름한 안색과 흐릿하고 퀭한 눈초리, 꽉 다문 창백한 입술이라는 공통점이 두드러졌다. 게다가 이 부류의 특징은 두 가지가 더 있었다. 그들은 주로 말을 할 때는 경계하듯이 목소리를 낮추고, 보통 사람들과는 달리 엄지손가락을 다른 손가락과 직각이 되도록 뻗는 버릇을 가진 점이다. 이런 전문적인 노름꾼들과 함께 다니는 사람들은 일견 다른 인종처럼 보이지만 겉만 다를 뿐 결국은 한통속이다. 그들을 일종의 재주로 먹고 사는 신사로 부를 수도 있다. 대중을 뜯어 먹고 살아가는 두 부류가 있는데, 하나는 멋쟁이 제비들이고, 다른 하나는 군인이다. 전자의 특징은 장발과 능글맞은 미소이고, 후자의 경우는 장식과 단추들이 많이 달린 코트와 찌푸린 표정이다.

신사라고 불리는 계급보다 더 아래로 내려가면 어둡고 심원한 주제를 발견하게 된다. 나는 어떤 유대인 행상인을 보았는데 그의 눈은 매처럼 매서운 눈매를 지녔지만 그 밖의 행동에서는 오직 비굴할 정도로 겸손함만을 드러내고 있었다. 거리에 자리 잡은 직업 거지들은 못마땅한 얼굴로 자기들보다는 나아 보이는 방랑하는 구걸자들을 험악하게 대한다. 그들도 가난에 절망해서 밤거리로 뛰쳐나왔을 뿐인데도.

이미 죽음의 문턱에 서 있는 것처럼 보이는 쇠약하고 유령처럼 보이는 병약자들도 군중 사이를 힘없이 비틀대면서 지나가고 있었다. 마치 간청하듯이 통행인의 얼굴을 들여다보며 조금이나마 위안을 얻고, 잃어버린 희망을 되찾으려는 듯이.

밤늦게 고단한 노동을 끝내고 삭막한 집으로 귀가하던 소박하고 젊은 여자들은 자신들을 파렴치하게 훑어보고 건드리기까지 하는 무뢰한들에게 제대로 화도 못 내고 당장이라도 울 듯한 얼굴로 몸을 움츠린다.

이 도시에는 모든 나이의, 모든 종류의 여자들을 찾아볼 수 있다. 전성기의 아름다움을 지니고 루키아노의 책에 나오는 여신상만큼 완벽한 미모와 대리석처럼 새하얀 고운 피부를 가졌지만 내면은 추악한 여자들, 보석과 화장으로 주름진 얼굴을 치장해서 젊음을 되찾아보려 발버둥치는 늙은 여자들, 채 자라지도 않았지만 민망한 교태를 부리며 절대 남에게 지지 않으려는 악덕과 야심에 불타는 어린 여자들, 일그러진 얼굴빛의 술 취한 여자들 등등 워낙 많아서 일일이 묘사하기도 힘들다.

어떤 이들은 넝마를 걸치고 취한 얼굴에 흐리멍덩한 눈으로 휘청거리면서 알아듣기 힘든 말을 중얼거리는가 하면, 어떤 이

에드가 앨런 포우

들은 땟국이 흐르지만 옷은 갖춰 입었으며 관능적인 입술과 불그레하게 혈색이 좋은 얼굴을 하고도 비틀대며 걷는 자들도 있다. 이와는 대조적으로 예전에는 고급스러웠던 낡은 옷을 깨끗이 빨아 입은 사람도 있고, 겉보기에는 멀쩡한 걸음걸이로 성큼성큼 걷지만 섬뜩하리만치 창백한 안색과 벌겋게 충혈이 된 사나운 눈초리를 한 사내도 있다. 어떤 자는 군중을 헤치고 나아가며 부들부들 떨리는 손으로 아무것이든 닥치는 대로 움켜잡으려고 하기도 한다.

이들 말고도, 파이 장수, 짐꾼, 석탄 운반부, 청소부, 길거리 연주자, 원숭이 조련사. 길거리 노래꾼, 그 노래를 장사하는 보조인들, 남루한 옷을 입은 직공과 피로에 지친 인부들이 지나간다. 이들이 발산하는 시끄러운 소음과 과도한 활력 앞에서는 귀만이 아니라 눈까지 아파올 지경이었다.

밤이 깊어가자 눈앞의 광경에 대한 나의 관심 또한 깊어갔다. 군중의 일반적인 성향이 눈에 띄게 바뀌었을 뿐만 아니라, 날이 저물어 온갖 파렴치한들이 은신처에서 슬슬 기어 나오면서 평범한 시민들은 점차 모습을 감추었고, 거친 자들의 존재가 뚜렷하게 부각되기 시작한 탓이기도 했다. 처음에 가스등 불빛은 황혼과 다투느라 약해 보였지만 이제 그 힘을 압도하여 모든 사물들에 깜빡이는 강렬한 빛을 장식해주었다. 모든 것이 어두웠지만 눈부셨다. 그 흑단 같은 밤의 견고함은 테르툴리아누스 신부의 문체를 방불케 했다.

강한 불빛은 나로 하여금 개인의 얼굴을 더 깊게 관찰하게 만들었다. 군중보다 사람들의 얼굴이 흥미로워졌다. 창문 너머로 보이는 빛의 세계는 빠르게 변했기 때문에 각자의 얼굴을 한 번 흘끗 보는 것이 고작이었다. 그렇지만 그때 나는 워낙 특이한 정신 상태인지라 단 한 번 보기만 해도 종종 오랜 세월의 흔적을 읽을 수가 있었다.

창문에 이마를 바싹 갖다 대고 몰두해서 군중의 얼굴을 관찰하던 중에 갑자기 어떤 얼굴이 눈에 띄었다. 65세에서 70세쯤 되어 보이는 노쇠한 노인이었는데 얼굴의 특이한 표정이 워낙 기이해서 순식간에 나를 사로잡았다. 일찍이 내가 목격한 그 어떤 사람의 표정과도 동떨어진 느낌이었다. 그의 얼굴을 보자마자 만약 화가 레츠가 보았더라면, 자신이 그린 악마의 초상보다 훨씬 더 마음에 들어 했겠군. 하고 생각했던 기억이 난다.

처음에 잠깐의 관찰을 바탕으로 내가 받은 인상을 분석하고 그것을 전하려고 하는 순간 마음속에서 엄청난 혼란과 모순이 일어났다. 어떤 단어들이 떠올랐다. 막강한 정신력, 경계심, 인색함, 탐욕, 냉담함, 악의, 잔학성, 승리감, 소란함, 극단의 공포, 긴장감과, 저항할 수 없는 감정들이 솟구치는 것이 느껴졌다. 나는 단번에 흥분되었고, 경악했고, 매료되었다. 그리고 혼잣말로 중얼거렸다.

"도대체 얼마나 처절하고 오랜 역사가 저 노인의 가슴에 쓰여 있는 걸까!"

그를 계속 관찰해서 더 많은 것을 알아내고 싶다는 갈망이 강하게 일었다. 나는 황급히 외투를 걸치고 모자와 단장을 움켜줘고 거리로 나갔다.

그가 이미 사라진 방향을 향해 인파를 헤치며 걸어갔다. 조금 헤매다가 마침내 노인의 모습을 찾았고, 바싹 다가가서 미행하기 시작했다. 물론 그가 눈치 채지 않도록 주의하면서.

드디어 그를 가까이서 관찰할 좋은 기회가 왔다. 그는 키가 작고 비쩍 말랐으며 무척 약해 보였다. 입은 옷은 전체적으로 더러웠고 남루했다. 그러나 이따금 가스등의 강한 불빛에 언뜻 비추어진 셔츠는 더럽기는 하지만 매우 고가의 천으로 지어진 것임을 알 수 있었다. 착시 현상인지도 모르지만, 단추를 꼭 채운, 한눈에 중고임을 알 수 있는 남자의 외투 찢어진 사이로 다이아몬드와 번득이는 단검이 언뜻 보였다. 나는 한층 더 호기심이 일어나 이 기이한 사내를 끝까지 쫓아가리라 작정했다.

이제는 완전히 밤이었다. 짙고 축축한 안개가 도시 전체에 드리워지더니만 얼마안가 곧 소낙비가 심하게 내렸다. 이런 갑작스런 날씨 변화는 군중에게 기묘한 영향을 끼치는지 군중들은 단번에 소란스러워졌다. 이윽고 수많은 우산이 그들의 머리를 뒤덮었다. 머뭇거리거나 서로를 밀치는 행동이나 왁자지껄한 소음이 열 배는 더 심해졌다. 나는 비를 그다지 개의치 않았다. 몸속에 아직 열병의 잔재가 남아 있었고, 몸이 젖어 위험할 수 있지만 기분은 좋았다. 나는 입에 손수건을 가린 뒤 추적을 계속했다.

반시간 동안이나 노인은 도로의 인파를 힘겹게 헤치고 나아갔다. 혹시나 그를 놓칠 것 같아 바싹 붙어서 따라가야 했다. 그러나 그는 단 한 번도 뒤를 돌아보지 않았다. 내가 쫓는 것을 알아채지 못한 것이 확실했다. 이윽고 그는 큰 길과 교차되는 길로 들어갔다. 인파로 북적거리기는 마찬가지였다. 하지만 방금 전 대로에 비하면 덜 붐볐다. 여기서 그의 거동이 확연히 달라졌다. 아까보다 발걸음이 느려지고 힘도 없어 보였고 어딘가 주저하는 듯한 느낌이었다. 그는 골목을 가로질렀다가 다시 되돌아오는, 목적 없이 반복하는 이상한 행동을 되풀이했다. 게다가 워낙 번잡한 곳이어서 그의 뒤에 바싹 붙어 따라가야 해서 어려움을 느꼈다.

그는 길고 좁은 길을 거의 한 시간 너머를 배회했다. 그러는 동안 통행인은 점점 줄어들어 뉴욕 센트럴파크 옆 브로드웨이의 정오 때와 비슷한 수준이 되었다. 같은 혼잡함이더라도 런던은 미국에서 가장 조밀한 도시와 엄청난 차이가 있다. 옆길로 들어서자 환하게 밝혀진 활력이 넘쳐흐르는 광장이 나왔다. 노인의 거동은 다시 이전으로 되돌아갔다. 가슴에 턱을 묻고, 찌푸린 이마 아래의 두 눈은 쉴 새 없이 사방을 둘러보며 자기 주변의 모든 사람을 노려보았다. 그리고는 이어서 꾸준하고 끈기 있게 앞으로 나아갔다. 그러나 그 광장을 한 바퀴 돈 뒤에 다시 왔던 길로 가는 것을 보고 나는 몹시 놀랐다. 나를 더 놀라게 한 것은 그가 한 번도 아니고 몇 번이나 같은 일을 되풀이했다는 사실이다. 한 번은 너무나도 갑작스레 방향을 트는 바람에 하마터면 들킬 뻔했다.

그는 이런 식으로 한 시간을 더 소비했는데 끝 무렵이 되자

에드가 앨런 포우

처음보다 앞길을 방해하는 통행인들도 급감했다. 비는 여전히 세차게 내리고 대기는 차가워졌고, 사람들은 귀가를 서두르고 있었다. 그러자 배회하던 사내는 답답하다는 듯한 몸짓을 보이더니 인적이 끊긴 옆길로 들어갔다. 4분의 1마일쯤 되는 길을 도저히 노인이라고는 생각하기 힘든 속도로 빨리 걸었다. 내가 따라가는 데 지장이 있을 정도였다. 몇 분쯤 쫓아가자 크고 혼잡스런 시장이 나왔다. 이름 모를 사내는 근처의 지리에 익숙한 듯 도착하자마자 다시 예전처럼 행동했다. 물건을 사고파는 사람들 사이에서 정처 없이 이리저리 돌아다니기 시작했던 것이다.

대강 한 시간 반쯤을 우리는 이곳을 돌아다녔다. 돌아다니는 동안 노인에게 들키지 않고 미행하려면 세심한 주의가 필요했다. 다행히 나는 천연고무로 만든 방수 덧신을 신고 있어서 발자국 소리를 내지 않고 다닐 수 있었다. 따라서 그는 내가 몰래 관찰하고 있다는 사실을 전혀 눈치 채지 못했다. 그는 시장에 늘어선 이 가게 저 가게를 연달아 들어갔지만 물건 값을 묻지도 않았고, 아무 말도 하지 않았다. 단지 거칠고 공허한 눈으로 가게 안의 물건들을 응시할 뿐이었다. 이런 행동에 나는 경악했고, 이 사내를 완전히 이해하기 전까지는 결코 떨어지지 않겠다고 굳게 결심했다.

괘종시계가 큰 소리로 울리며 11시를 알렸다. 손님들은 서둘러 시장을 빠져나가고 있었다. 어느 가게 주인이 덧문을 닫으면서 노인을 밀쳤고, 그 순간 노인의 몸이 강하게 경련하듯 움칠했다. 그는 서둘러 길가로 나갔다. 잠깐 동안 불안한 듯이 주위를 살폈지만, 다음 순간에는 믿기 힘들 정도로 재빠르게 인적 없는 구불구불한 골목길을 달리기 시작했고, 급기야는 미행을 처음 시작했던 D 호텔이 있는 대로변에 도달했다.

그러나 그곳은 우리가 떠나왔을 때와는 달랐다. 가스등으로 여전히 환하게 밝혀져 있었지만 비가 억세게 퍼붓고 있어 거의 행인이 없었다. 노인의 얼굴에서 핏기가 가셨다. 그는 침울한 표정으로 인파로 북적였던 대로를 몇 걸음 나아가다가, 깊은 한숨을 내쉬더니, 강 쪽으로 몸을 돌렸다. 그런 후 구불구불한 뒷골목들을 한참을 누빈 끝에 결국 대형 극장이 보이는 앞길로 나왔다. 극장은 폐관 직전이라서 관객들이 떼를 지어 밖으로 나오고 있었다. 나는 그 노인이 군중 가운데로 들어가며 입을 열고 숨이라도 쉬는 모습을 보았다. 얼굴에 있던 강력한 고뇌가 어느 정도 누그러진 듯했다. 그는 다시 가슴 쪽으로 고개를 숙였고, 내가 처음 목격했을 때와 비슷한 상태로 돌아갔다. 이제 그가 관객들이 많은 곳을 향해 움직이는 것을 보았지만, 나는 여전히 왜 그가 이런 변덕스런 행동을 하는지를 도무지 이해할 수 없었다.

사내가 길을 나아가자 통행인들은 점점 흩어졌으며 그의 불안과 동요가 예전처럼 되돌아왔다. 한동안 그는 소란스럽게 수다를 떠는 열 명 내지는 열두 명쯤 되는 무리 뒤에 바싹 붙어 따라갔지만, 이들이 한두 명씩 떨어져 나가 인적이 드문 좁고 음침한 골목길에 도달했을 때는 마침내 세 명밖에 남지 않았다.

에드가 앨런 포우

사내는 멈춰 섰고, 잠시 생각에 잠긴 듯했다. 그러고 나서 온갖 동요의 기색이 역력한 채 런던 변두리로 이어지는 길을 빠르게 나아갔다. 그 지역은 지금까지 다닌 거리들과는 매우 다른 곳이었다.

그곳은 런던에서 가장 불온한 지역이었다. 모든 비참함과 빈곤과 흉포한 범죄의 속성을 띤 곳이었다. 이따금 눈에 띄는 램프의 희미한 불빛 아래에서 모습을 드러내는 높고 오래된 목조 건물들은 무너지기 직전이었고, 건물 사이의 길을 구분하기가 어려웠고, 포석은 아무렇게나 깔려 있고 무성하게 자란 풀들로 덮여 있었다. 꽉 막힌 도랑에서는 끔찍한 오물이 썩어 가고 있고, 대기는 황폐함으로 가득 차 있었다. 그럼에도 우리는 계속 나아갔다. 그러는 동안 사람들의 목소리가 분명하게 되살아났고, 드디어 런던의 시민 중 가장 소외된 큰 무리가 이리저리 비틀거리며 돌아다니는 광경이 보였다. 노인의 정신은 마치 꺼지기 직전에 명멸하는 램프처럼 다시 기운을 차렸고, 다시 한 번 활달한 걸음으로 앞으로 나아갔다. 길모퉁이를 돌자 갑자기 눈부신 불빛이 시야를 가득 채웠다. 우리는 변두리에 산재해 있는 무절제한 주신의 거대한 신전 앞에 와 있었다. '술'이라는 이름의 악마가 사는 궁전이다.

이제 거의 동이 틀 시각이었지만 한심한 주정뱅이들은 술집 문을 들락거리고 있었다. 노인은 환희에 찬, 반쯤 비명에 가까운 소리를 지르더니 술집 안으로 들어갔다. 그는 곧 원래의 상태로 돌아갔고, 술꾼 사이를 정처 없이 오갔다. 그러나 얼마 지나지 않아 술꾼들이 한꺼번에 몰려 나왔다. 술집 주인이 영업이 끝났음을 알릴 때가 된 듯했다. 지금까지 내가 끈질기게 관찰한 이 기이한 인물의 얼굴에는 절망보다 더 강렬한 그 어떤 것이 떠올랐다. 그러나 그는 해오던 일을 망설이지 않았다. 그는 광적인 힘으로 곧 발걸음을 돌려 즉시 왔던 길을 따라 거대한 런던의 심장부로 되돌아가기 시작했다.

지치지도 않고 빠르게 나아가는 노인을 뒤따르며 나는 경악했다. 하지만 압도적이고 열렬한 호기심에 사로잡혀 끝까지 관찰하리라 결심을 굳혔다. 그렇게 걷는 동안 해가 떴다. 우리는 이 과민한 도시에서도 가장 혼잡한 구역, D호텔이 위치한 곳으로 다시 돌아왔다. 거리는 어젯밤 못지않게 북적거리고 활기를 되찾고 있었다. 시시각각 혼잡스러워지는 이 거리에서 나는 끈질기게 이 기이한 노인을 미행했지만, 그는 하루 종일 번잡한 거리를 떠나지 않고 이리저리 배회하기만 했다. 둘째 날 저녁의 어둠이 깔릴 무렵 죽을 만큼 녹초가 된 나는 마침내 이 방랑자 앞을 막고 서서 얼굴을 빤히 들여다보았다.

그러나 사내는 내 존재를 깨닫지 못하고 예의 엄숙한 행진을 재촉할 뿐이었다. 나는 그를 따라가는 것을 그만두고 곰곰이 생각에 잠겼다.

"저 노인은," 마침내 나는 입을 열었다.

"어둡고 심원한 죄악의 전형이자 본질이다. 그는 혼자 있기를 거부해. 그는 군중 속의 남자이다. 더 이상 쫓아가 봐도 소용없어. 그래 봤자 그에 대해서 그의 행동에 대해서 무엇 하나도

에드가 앨런 포우

알아 낼 수 없을 테니까. 세상에서 가장 사악한 마음은 바로 그 끔찍한 것일 거야. 아마도 이 사내는 읽히기를 거부한다는 그 책보다도 더 끔찍해. 어쩌면 그게 신이 내린 자비로운 은총 중의 하나일지도 모르지."

오로지 군중이 되기 위해 그들을 좇는 노인이

이 도시에 있다

가슴에 바짝 턱을 묻고

찌푸린 이마 아래 두 눈은 쉴 새 없이 사방을 둘러보며

그는 다만 군중을 좇는다

그가 좇는 군중들 속엔 회사원은 물론이고

노름꾼들 소매치기들도 있다

군중이 누구인가는 지금 노인에게 중요치 않다

노쇠하고 초라한 노인의 품속에 든 건

번득이는 단검과 다이아몬드

그가 평생 추구했을 욕망의 도구들일 것이다

노인은 인적이 드문 길로 들어서면 금세 절망하며

위태롭게 동요한다

핏기조차 없어진 채 숨을 헐떡이며

얼른 군중 속으로 몸을 던진다

두려움은 끝없이 그를 몰아가며 밤새도록 반복해서

도시를 헤매게 한다

포는 노인을 죄악의 전형이자 본질이라고 쓰고 있다
사람들을 집단화하고 몽매한 상대적 가치들을 양산하는 군중
그 군중에게 진정한 실체란 없다
허상들을 좇는 허상이 있을 뿐이다
뒤틀린 맹목의 상태로 허상의 일원이 아닌 것을
견디지 못할 뿐

홀로 있는 법을 잊은 사람
개인이 되는 법을 잊어버린 사람
마치 죄악처럼 그의 삶과 정체성을 삼켜버린
그 거대한 병명은 **군중중독자**

사진 출처(credit)

에이빈드 욘손 | Matteo Omied / Alamy Stock Photo

로드 던세이니 | Hulton Deutsch / Corbis via Getty Images / 게티이미지코리아

조지프 러디아드 키플링 | AF Fotografie / Alamy Stock Photo

샤키 | 퍼블릭 도메인

셔우드 앤더슨 | Album / Alamy Stock Photo

에이빈드 욘손 작품 번역

김창활

시대를 앞서간
명작 스마트 소설

1쇄 발행일 | 2021년 06월 15일

옮긴이 | 주수자

펴낸이 | 윤영수

교정 | 정현숙

디자인 | 올컨텐츠그룹(박은영)

사진진행 | 북앤포토

펴낸곳 | 문학나무

편집 기획 | 03085 서울 종로구 동숭4나길 28-1 예일하우스 301호

이메일 | mhnmoo@hanmail.net

출판등록 | 제312-2011-000064호 1991. 1. 5

영업 마케팅 전화 | 02-302-1250 팩스 | 02-302-1251

값 14,000원

ISBN 979-11-5629-123-7   03810